巴蜀文化走进千家万户丛书（第五辑）

宋代四川寿祝文学纵横观

张 帆○著

四川出版集团
巴蜀书社

《巴蜀文化走进千家万户》丛书编委会名单

目　录

总　序

张中伟

巴山蜀水自然风光旖旎，历史文化璀璨。作为中华文明起源地之一的巴蜀故地，历经数千年的风雨沧桑和一代又一代巴人蜀人的筚路蓝缕，形成了玄妙神奇、博大精深、瑰丽多姿的巴蜀文化，成为中华文化的重要组成部分，这是四川，乃至中国的一座极为珍贵的文化宝库。

巴蜀文化植根于巴山蜀水，是一种典型的地域文化。自上个世纪40年代初提出“巴蜀文化”这一概念以来，随着考古的新发现，特别是三星堆、金沙遗址等一批颇有影响的古迹相继发现发掘，巴蜀文化的研究逐渐成为热点，并陆续在历史文化、考古文化和民族文化等方面推出了一批在国内外引起广泛关注的学术成果。这是我省文化事业繁荣兴旺的重要标志，是精神文明建设取得的瞩目成就。

十六大报告指出：“全面建设小康社会，必须大力发展社会主义文化，建设社会主义精神文明。”重视发掘、研究巴蜀文化，大力普及、弘扬巴蜀文化，既是结合我省实际、认真实践“三个代表”重要思想的具体体现，也是不断满足人民群众日益增长的健康文化生活需求、全面建设小康社会的迫切需要；既是发展繁荣我省文化事业、建设文化强省的有机内容，也是加强和推进我省精神文明建设、振奋广大干部群众精神的重要途径。为此目的，省政府组织参事、文史馆员等一批学有专长的老专家、老教授编写了《巴蜀文化走进千家万户》丛书。这套丛书涵盖了巴蜀文化的起源与传承、历史文化、民族宗教、科学技术、民风民俗、名都名城名人等诸多方面，史实准确，文字精练，图文并茂，通俗易懂，对普及、宣传和弘扬巴蜀文化，具有积极重要的作用。相信这套丛书能受到广大读者的喜爱，并从中领略到巴蜀文化的独特魅力。

文化的力量，深深地熔铸在民族的生命力、创造力和凝聚力之中。弘扬巴蜀文化，既要加强基础理论研究，又要大力开展宣传普及工作。坚持在普及基础上提高，在提高指导下普及。希望全省学术研究和文化界的同志始终牢牢把握先进文化的前进方向，努力创作出更多更好的、无愧于时代和人民的文化精品，为推动我省文化事业的发展繁荣作出更大贡献。

引 言

张 帆

寿祝文化与寿祝文学，在中国是一种特殊的文化现象。从原始祭祀到后来的寿圣寿官寿亲寿友，寿祝礼仪活动渗透到社会的各个层面，寿祝文学从先秦的祀神乐歌发展到汉唐的寿诗再到宋代的寿诗寿词，直到元明清的祝寿散曲，走过了一个从兴盛到消歇的历程。其兴盛时如宋词，据《全宋词》和《全宋词补辑》初步统计，可确定为寿词的有2554首，约占《全宋词》21055首的12.13%。其消歇时如元明清祝寿散曲，据统计也有217首（套）。

在这一独特的文学现象中，宋代四川文人扮演了重要角色，甚至是占据了主体地位。如宋代四川著名的理学家魏了翁现存词186首，寿词达101首，其数量堪称历代词人寿词之最。对此，前人颇为不解，如清代吴衡照《莲子居词话》卷三说："生日献词，盛于宋时。以谀佞之笔，拦入风雅，不幸而传，岂不倒却文章架子？……然至如魏华父则非此不作，不可解已。"蜀人李调元则颇有微词，他在《雨村词话》卷三中说："宣和而后，士大夫争为献寿之词，连篇累牍，无谓极矣。吾蜀魏了翁华甫为宋名臣，乃词非寿不作，虽《花庵》选入数首，吾终不敢取。"其实，在宋代热衷寿词创作的人，又何止一个魏了翁。在全国范围内，辛派词人中如张孝祥、辛弃疾、刘克庄，姜派词人中如姜夔、吴文英等也皆有所作。在宋代四川也还有吴泳、牟巘、李流谦等众多文人也乐于此道，甚至还有苏轼、苏辙兄弟也不乏生日酬唱之作，并留下了美妙的词章。对这些特殊的文化现象，我们岂能简单地否定或视而不见呢？

"礼之用，和为贵"是中国儒家传统文化的精髓，而"寿祝"这一文化和文学现象，正是儒家核心理念的一种人生贯彻与体现，是儒家思想对生命的最温馨的关怀与注入。因而对以上种种特殊的文化现象，对宋代四川以魏了翁为代表的文人乐此不疲的寿祝文学创作作一番翻检与解读，并给予应有的价值评估，从一定意义来讲，也应是一项拓展性工作。我们试图以一种宏观的、开放的眼光，从人的生命意识、寿祝礼仪文化、儒家历来倡导的中庸和谐的主流思潮去作纵向的历史梳理，审视它们存在的各种原因，并从宋代理学思潮的勃然兴起、相关的社会习尚、社会功用等方面予以横向透析，认为宋代四川文人的寿祝文学也是中华文化希冀社会"以和顺天、以和兴邦、以谐安民"的一部分。他们以祝寿庆生的礼仪及通过文学创作弘扬孝悌仁爱的儒家精神，客观上体现了一种和谐他人与和谐自我的生存智慧。

人与人之间的和谐是一种社会的美，而寿祝文学是这种美的体现与辉丽，其美在于人们的行为与艺术的交流所达到的一种默契与统一。虽然寿体文学出于应酬的需要，难免有世俗、浅薄和缺乏创造的一面，但它从远古华夏民族的人神和谐、君臣和谐、人人和谐一路走来，真实地记录着善良的人们用各种行动践行“和为贵”的社会道德风尚，是值得我们肯定和珍视的。作为一份文化遗产，它值得我们深入研究；作为行为与艺术结合的文学形式，如何创作出具有个性化色彩的艺术精品，也是值得我们思考与探索的课题。

一、 寿祝文学的渊源及流变

渴望长寿的生命意识

渴求生命的长久是人类与生俱来的主观意识。华夏民族早在神话时代就以十分夸张的手法表现了人的这种主观愿望。《山海经》中就有人类个体长寿的神话，如《山海经》中《大荒西经》曰："有轩辕之国，江山之南栖为吉，不寿者乃八百岁。"《海外西经》也说："轩辕之国，在此穷山之际，其不寿者八百岁。"《海外南经》更有离奇的描绘："不死民在其东，其为人黑色，寿，不死……"这些神话尽管怪诞，却是原始初民对生命的热爱乃至渴望超越死亡、追求长生的艺术表现。人们甚至还朦胧地意识到，人的寿夭与大自然有着某种神秘的联系。于是乎，与其他各民族的童年时代一样，华夏初民的心中也有许许多多的自然神，他们也意识到与自然和谐相处的重要。《海内北经》说："犬封国曰大戎国，状如犬……有文马，缟身朱鬣，目若黄金，名曰吉量，乘之寿千岁。”《海内西经》还记载了一种叫“玕琪”的长生不死树，说人服食了它也可以长寿不老。这些神话虽然夸张，但本质上是原始初民们渴望超越死亡、追求长生的艺术表现。诗人屈原在《涉江》中也唱道：“登昆仑兮食玉英，与天地兮同寿，与日月兮齐光。”虽然写的是诗人的抱负，但同时也反映了人们对昆仑山的神往。值得指出的是，神话中的昆仑并不是一座具体的山，《尔雅》云：“三成（层）为昆仑丘。”清代学者毕阮在注《山海经》时则更明确地说：“昆仑者，高山皆得名之。”这说明神话中的昆仑具有广泛的代表意义，是神山之代表，而非今天所指的具体的昆仑山系。

西藏昆仑山山口

青海西南部，昆仑山中段

在四川彭山县有一著名的彭祖山，海拔高度 610 米，相对高度 158 米，相传是养生术创始人彭祖修炼之地和陵寝所在地，彭祖山也因此被尊为中华养生文化第一山而闻名四海。至于彭祖，自古以来就被视为长寿之神。从《山海经》、刘向《列仙传》的记载，可知彭祖名钱铿，为颛顼帝的玄孙，陆终氏的三儿子，轩辕黄帝的第八代孙。他历经夏商周，夏时曾率兵攻打徐州，并封官于斯，所以徐州又称彭城；商时官至大夫，为守藏史；在周为柱下史，后师从尹寿子，学得真道，隐居武夷山修炼，晚年回到蜀地，住在彭山象耳山中，后移居至今天的彭祖山。他根据自己所处的社会和自然环境，对其衣、食、住、行、运动、药物等进行不断调整，总结出一套自成体系的长生理论和养生方法。传说彭祖活了八百余岁，还经常云游四方，将长寿之道广为传授，使民间百姓大受裨益。彭祖的神话寄托了人们长生久视的生命渴望。

彭祖雕像

除以上神话外，历代帝王也利用手中的权力，把人们长生不死的意识强化到迷信的地步。秦始皇统一天下之后，在享尽人间至尊至贵之余，深为人的寿命短暂而遗憾。而徐市的神仙思想，使他似乎看到了长生不死的希望，便于秦始皇二十八年（前219）派齐人徐市率童男童女数千人，入海求仙人。同年，秦始皇又派韩终、侯生、石生等寻求“仙人不死之药”。

秦始皇像

秦始皇之后，汉武帝刘彻、唐太宗李世民等，都迷恋于长生仙药的寻访。据《史记·武帝本纪》记载，汉武帝寿七十一岁，而求仙生涯就达五十余年。唐太宗也渴望长生不老，有史书记载，唐太宗长期服用出自婆罗门僧那罗迩娑寐的长生药。

人们对于生命长久的强烈祈望，经长期积淀和强化，不仅衍化为神话传奇，更形成了一种深深影响民族心理及社会意识的文化习俗。

［唐］阎立本《历代帝王图·汉武帝》

巫祝礼仪催生的寿祝文学

渴望长寿是人类自觉而又主观的生命意识，但天道是无私无情的，有时还是任性的。人类的个体甚至整体命运在巍巍天道面前都是微不足道的，无助的先民只能依赖朦胧中至高无上的神灵，乞求神灵的庇护与恩赐。于是，祭天法祖、祈求福寿的寿祝礼仪活动也就逐渐兴起，并在先秦时期就被纳入“礼”的规范，属于吉、凶、宾、军、嘉“五礼”中嘉礼的范畴。先民们天真地以为，通过祭祀可以达到人神的交流与和谐，因而郑重其事地从事着祭祀神灵的活动，又津津有味地描绘着当时的情景。在这些伴随着先民渴求生命永恒的巫祝文化的活动中，寿祝文学创作也随之萌生。

《诗经》中就频频出现祈福延寿的祝语和绘声绘色描写祝寿保祚的场面。《小雅·楚茨》就是一首周人祭神祀祖的乐歌，它详细地记载了周人从播种、喜获丰收到精心准备献神祭祖、祈求宏福长寿的全过程：

楚楚者茨，言抽其棘，自昔何为？我艺黍稷。我黍与与，我稷翼翼。我仓既盈，我庾维亿。以为酒食，以享以祀，以妥以侑，以介景福。

济济跄跄，絜尔牛羊，以往烝尝。或剥或亨，或肆或将。祝祭于祊，祀事孔明。先祖是皇，神保是飨。孝孙有庆，报以介福，万寿无疆！

执爨踖踖，为俎孔硕，或燔或炙。君妇莫莫，为豆孔庶。为宾为客，献酬交错。礼仪卒度，笑语卒获。神保是格，报以介福，万寿攸酢！

我孔熯矣，式礼莫愆。工祝致告，徂赉孝孙。苾芬孝祀，神嗜饮食。卜尔百福，如畿如式。既齐既稷，既匡既敕。永锡尔极，时万时亿！

礼仪既备，钟鼓既戒，孝孙徂位，工祝致告，神具醉止，皇尸载起。鼓钟送尸，神保聿归。诸宰君妇，废彻不迟。诸父兄弟，备言燕私。

乐具入奏，以绥后禄。尔肴既将，莫怨具庆。既醉既饱，小大稽首。神嗜饮食，使君寿考。孔惠孔时，维其尽之。子子孙孙，勿替引之！

这首祭祖祀神的乐歌，姚际恒《诗经通论》称其“煌煌大篇，极备典制”，充分体现了“古人于祭，虑其不极诚敬则神不飨”的虔诚与认真。诗中既有孝孙（祭主）对列祖列宗由衷的感谢，又有祈求祖先神灵赐福赐寿的虔诚：“先祖是皇，神保是飨。孝孙有庆，报以介福，万寿无疆！”还有司仪的“工祝”，代表神祇与祭主的对话：“工祝致告，徂赉孝孙。苾芬孝祀，神嗜饮食。卜尔百福，如畿如式。既齐既稷，既匡既敕。永锡尔极，时万时亿！”表示要赐给祭主及其亲人亿万福禄。整个仪式被描绘得庄严有序又人神和谐，有求有应。最后代神受祭的“皇尸”起身引退后，同姓之亲不仅享受着家族欢聚宴饮的融洽之乐，更陶醉在“神嗜饮食，使君寿考”的满足中。人们快乐地以为神灵满意了，就能保自己长寿不老。诗末还愿子孙们切莫荒废此礼，将类似的祭礼永远继承下去，以求世世代代福寿永葆。

除《小雅·楚茨》外，《诗经》中还有《周颂·载见》：

> 载见辟王，曰求厥章。龙旂阳阳，和铃央央。鞗革有鸧，休有烈光。率见昭考，以孝以享。以介眉寿，永言保之，思皇多祜。烈文辟公，绥以多福，俾缉熙于纯嘏。

《商颂·烈祖》：

> 嗟嗟烈祖！有秩斯祜。申锡无疆，及尔斯所。既载清酤，赉我思成。亦有和羹，既戒既平。鬷假无言，时靡有争。绥我眉寿，黄耇无疆。约軧错衡，八鸾鸧鸧。以假以享，我受命溥将。自天降

康，丰年穰穰。来假来飨，降福无疆。顾予烝尝，汤孙之将！

《大雅·既醉》：

既醉以酒，既饱以德。君子万年，介尔景福。既醉以酒，尔肴既将。君子万年，介尔昭明。昭明有融，高朗令终，令终有俶，公尸嘉告。其告维何？笾豆静嘉。朋友攸摄，摄以威仪。威仪孔时，君子有孝子。孝子不匮，永锡尔类。其类维何？室家之壸。君子万年，永锡祚胤。其胤维何？天被尔禄。君子万年，景命有仆。其仆维何？釐尔女士。釐尔女士，从以孙子。

以上三首祭祀庆典诗，描写的角度不同，祭祀的对象不同，都绘声绘色描写虔诚的祝寿保祚的场面，都贯穿了一个共同的主题——祈求神灵赐予洪福与长寿。

类似这样的祈福祈寿在《诗经》中还有很多，《小雅》中如《信南山》、《甫田》、《大田》等等都有“报以介福，万寿无疆”的祈寿之语。从这些祭祀祖宗神灵的乐歌中，我们可以真切地体悟到先民们有感于死亡威胁而祭天法祖，祈求神灵庇护的虔诚。如果这些与祭神活动相伴随表现的是一种朴素的为国家社稷、为自己及子孙祈求福寿的泛生命意识，那么，《小雅·南山有台》则脱离了祭祀活动，是颂德祝寿的乐歌：

南山有台，北山有莱。乐只君子，邦家之基。

乐只君子，万寿无期。

南山有桑，北山有杨。乐只君子，邦家之光。乐只君子，万寿无疆。

南山有杞，北山有李。乐只君子，民之父母。乐只君子，德音不已。

南山有栲，北山有杻。乐只君子，遐不眉寿。乐只君子，德音是茂。

南山有枸，北山有楰。乐只君子，遐不黄耇。乐只君子，保艾尔后。

这首诗，因未涉及具体的人事，《毛诗序》认为是“乐得贤”，姚际恒《诗经通论》认为是“颂天子”，方玉润《诗经原始》则认为是“祝宾客”，这些说法未免都各有所偏。但就诗中“邦家之基”、“邦家之光”、“民之父母”的角色称谓，以及歌功颂德、祈福祈寿的用语来看，应该是一次贵族寿宴的乐歌，寿主则是贵族中的重要人物。

全诗每章均以南山、北山的草木起兴。南山有台、有桑、有杞、有栲、有枸，北山有莱、有杨、有李、有杻、有楰。兴中有比，比国家之富庶。兴语之后即表功，表功的目的是为祝寿张本，有德之人，才值得为之祝寿。每章两次直呼“乐只君子”，可见祝者与被祝者关系之亲密。前三章言简意赅地为被颂者画像，前面的“功”表现得得体而成功，后面的祝寿才显得有理有力。四、五两章用“遐不眉寿”、“遐不黄耇”两个反诘句表达祝愿：这样的君子怎能不长眉，怎能不大有寿相！末尾颂者仍不忘加“保艾尔后”一句。由祝福先辈而连及其后裔，祝福才算完美。诗的内容尽管单纯，但回环往复，层层递进，又具有很强的节奏感。作为宴享时的祝寿乐歌，其歌颂、祝愿、庆贺、娱乐的综合功能与后世文人所作的寿诗寿词已非常接近。

除《诗经》外，希冀人神和谐，祈求神灵赐寿赐福的生命意识在屈原《九歌》中亦有古老而完美的诠释。最有趣的例子是屈原《九歌》中的《大司命》：

> 广开兮天门，纷吾乘兮玄云。令飘风兮先驱，使冻雨兮洒尘。君回翔兮以下，逾空桑兮从女。纷总总兮九州，何寿夭兮在予。高飞兮安翔，乘清气兮御阴阳。吾与君兮齐速，导帝之兮九坑。灵衣兮被被，玉佩兮陆离。壹阴兮壹阳，众莫知兮余所为。折疏麻兮瑶华，将以遗兮离居。老冉冉兮既极，不浸近兮愈疏。乘龙兮辚辚，高驰兮冲天。结桂枝兮延伫，羌愈思兮愁人。愁人兮奈何？愿若今兮无亏。固人命兮有当，孰离合兮可为？

王夫之《楚辞通释》云："大司命统司人之生死，而少司命则司人子嗣之有无。以其所司者婴稚，故曰少；大，则统摄之辞也。"从诗中描绘的情景来看，王夫之所言应有道理。《九歌》是屈原据民间祭神乐歌加工而成，共十一篇。首篇祭祀天神东皇太一，天神地位至高无上，诗歌中也表现了楚人祭祀时的恭敬与虔诚，但天神的形象只是匆匆一过。而对于掌握着人们生死寿夭的大司命，诗人却不遗余力将之描绘得有血有肉、栩栩如生。首先是着力渲染他非同寻常的威势，大司命在

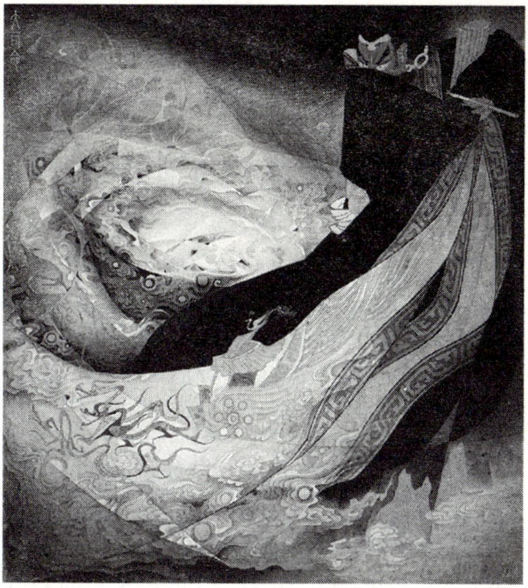

九歌·大司命

天宫的地位未必很高，但对人间来说，权力却非同寻常。所以，一旦他出场就要显示出极高的威严，天门广开，龙为马，云为车，旋风在前开路，暴雨澄清旷宇，俨然主宰一切的天帝亲自出场。而大司命动辄以“吾”、“予”、“余”自称，也体现出大权在握、唯我独尊的意识。其次是人神对话（祭祀中是充当大司命的灵子同娱神的女巫的对唱），对话中的大司命虽也有统司人之生死、高高在上的威严，但也不乏刚中带柔、体恤凡人的情愫，当祀神仪式即将完毕，人们仰望神灵离去，不禁发出“羌愈思兮愁人”的忧叹时，大司命又在云空转过身来，亲切地询问：“愁人兮奈何？”当人们希望“愿若今兮无亏”，大司命又深情地叮咛：“固人命兮有当，孰离合兮可为？”这对于担心人神分离后、人命危浅的凡人来说，无疑是充满了体贴与慰藉的话语。在这位崇高而威严的寿夭之神深情的安慰中，我们看到了诗人期待的人神和谐、天人和谐的境界。而只有达到了这种和谐的境界，人的生命才有安全感。

不仅宗教祭祀中表现着强烈的人神和谐，以求“长生久视”的生命企盼，对神的塑造亦如此。如西王母形象的演变，就充分体现了创造者想象神、创造神的主观生命期待。在《山海经·西山经》中西王母是“豹尾虎齿”，半人半兽的凶神。而汉代以降，西王母的“神格”和形象都发生了明显的变化。

据《汉书》的《哀帝纪》、《天文志》及《五行志》记载，西汉哀帝建平年间民间曾掀起西王母信仰的狂潮，百姓聚于里巷道路，纷纷传言佩西王母符书能长寿“不死”，能消灾避凶。在汉墓的画像砖和铜镜上，西王母的形象也有了相应的变化，如四川成都近郊出土的汉墓方砖，

《山海经》中的西王母形象

汉代画像砖上的西王母

正中就刻有端坐龙虎座上的贵妇模样的西王母，方砖下端刻有一个持笏跪拜者，他显然是前来祈求长寿的人。

而随着时代的进步，西王母的形象日益与人接近。西王母由凶神而“人化”的重要因素，就是她具有了赐人“不死”的特质，人对自我生命的关注，不仅希望有神灵的庇护，还希望神灵兼有人的外貌与心地，以承载人们对生命的善祝善颂。这无疑是人类渴望与神和谐相处的艺术展现。

君权至上的寿圣诗乐

不管是巫祝活动还是在此基础上产生的寿祝文学，在它的最初阶段，表现的都是一种期待人神和谐的文化精神和与生俱来的生命意识，而由此发展到后来统治者为自己大兴寿诞庆典。文武百官的祝寿活动及文人们上

寺庙中西王母

寿乐歌的创作，则体现了一种“君权至上”的社会观念以及由人神和谐向君臣和谐的意识转变。

“君权天授”的观念早在夏朝就开始萌芽，《尚书·召诰》就有“有夏服天命”、“有殷受天命”之说。周代的铜器“毛公鼎”铭文记载：“丕显文武，皇天宏厌厥德，配我有周，膺受天命”，也隐含“君权天授”的思想。到汉代，董仲舒在《春秋繁露·深察名号》中明确鼓吹“受命之君，天意之所予也，故号为天子者，宜视天如父，事天以孝道也。号为诸侯者，宜谨视所候奉之天子也。号为大夫者，宜厚其忠信，敦其礼仪”。这种意识不仅在封建中国的思想界产生了深远的影响，也体现在各种政治活动乃至日常生活中。随着封建社会的建立，统治阶级为自己大兴祝寿庆典，寿祝文化的重心也就由祭祀鬼神祖先而发展为寿君寿圣，寿诗也就配合着专用乐歌而不断发展。寿圣诗也就在这种氛围中逐渐流行起来。

《晋书·乐志》载："晋初，食举亦用《鹿鸣》。至武帝泰始五年，使傅玄、荀勖、张华各造正旦行礼及王公上寿酒、食举乐歌诗，后又诏成公绥亦作焉。"郭茂倩所编的《乐府诗集》中就保存着大量汉魏六朝的上寿乐歌。如：

傅玄《上寿酒歌》：

于赫明明，圣德龙兴。三朝献酒，万寿是膺。
敷佑四方，如日之升。自天降祚，元吉有征。

张华《王公上寿诗》：

称元庆，奉寿觞。后皇延遐龄，安乐抚万方。

成公绥《王公上寿酒歌》：

上寿酒，乐未央。大晋应天庆，皇帝永无疆。

此外，还有南朝宋王韶之的《王公上寿歌》、南朝梁人萧子云的《介雅》、隋文帝仁寿元年（601）牛弘等人制作的《上寿歌辞》等等，都是宫中宴享活动时为帝王所作的寿诗。这些诗，原始的巫祝宗教色彩已逐渐淡化，颂祝娱乐的综合功能日渐彰显。

唐代依然保留了这种向圣上献寿诗乐歌的习俗。

《新唐书·礼乐志》载："千秋节者，玄宗以八月五日生，因以其日名节，而君臣共为欢乐，当时流俗多传其事以为盛。……自肃宗以后，皆以生日为节，而德宗不立节，然止于群臣称觞上寿而已。"在当时帝王的生日庆宴中，不仅出现了像《万岁长生乐》、《大献寿》、《万年欢》、《圣寿乐》那样专为祝寿而表演的大型乐舞，而且出现了配合祝寿乐曲演唱的歌辞。张说的《舞马词》六首，表现在千秋节为唐玄宗生日祝寿时舞马的盛况，视角与手法都很特别，我们不妨作重点分析。

第一首写祝寿活动开始前舞马的神态：

万玉朝宗凤扆，千金率领龙媒。
眄鼓凝骄躞蹀，听歌弄影徘徊。

一、二句所说的"万玉"、"千金"都是指舞马身上装饰的珠宝之多。这就对应了《新唐书·礼乐志》中描写的"玄宗又尝以马百匹，衣以文绣，络以金银，饰其鬃鬣，间杂珠玉，盛饰分左右"的描写。"凤扆"是绘有凤凰纹的屏风，专指皇帝座后的屏风。"龙媒"是传说中的天马，而龙又是帝王的化身，因此，这两句都是极言盛装的舞马恭敬地向皇帝朝拜的情景。三、四句中，"眄"是斜视的意思，"躞蹀"是小步行走的意思。"弄影"原指人的左顾右盼，而这里是指马头的左右摆动，与前二字"听歌"相连，两句都以拟人化手法形象地描写了舞马斜视着那尚未擂响的战鼓，在原地踏步，听着悠扬的丝竹管弦之声，因陶醉而摇头摆尾的情景。

第二首借神话传说中的神兽名骏，赞美这批为皇帝祝寿的宫廷舞马的俊美神威：

> 天鹿遥征卫叔，日龙上借羲和。
> 将共两骖争舞，来随八骏齐歌。

前两句中的“天鹿”和“日龙”都是神话传说中的神兽。“天鹿”是仙人卫叔的坐骑，而“日龙”即是传说中羲和所驾驭的六条神龙。这两种都是奔驰迅疾的神兽。第三句中的“骖”指车两旁的马，而“八骏”即为传说中的周穆王的八匹名马。

第三首描写祝寿活动正式开始时，舞马随音乐而衔杯祝寿的场面：

> 彩旄八佾成行，时龙五色因方。
> 屈膝衔杯赴节，倾心献寿无疆。

首句“彩旄八佾成行”中的“旄”原指古代在旗杆头上用牦牛尾做装饰的旗子。而“八佾”中的“佾”则指古代乐舞的行列，“时龙”即指舞马。这两句说彩旄的旗子高高飘扬，乐舞的行列齐整地排成八行，舞马身着五色的饰物按方位排列整齐。而下面的“屈膝衔杯赴节，倾心献寿无疆”两句，则描写祝寿正式开始时马儿的动作：低下脖头、弯曲膝盖、口含酒杯随着音乐的节拍，频频地向皇帝敬献寿酒，遥祝无疆。

第四首写祝寿时小马们神态的高贵、舞姿的优美：

> 帝皂龙驹沛艾，星兰骥子权奇。

（唐）衔杯祝寿的舞马银壶

腾倚骧洋应节，繁骄接迹不移。

前两句中的“皂”即黑的意思。“帝皂”为名马之一，“龙驹”指小马，“沛艾”即指小舞马兴奋奔跑的样子，“星兰”亦为名马，“骥子”是优良的马驹，“权奇”指超凡的神态。这两句说：黑色的小马昂首奔跃；黄色的小马神态超凡。而后两句“腾倚骧洋应节，繁骄接迹不移”，则是说马儿们无论是奔腾还是转动都应和着音乐的节拍，所有的动作都整齐划一。

第五首写因为圣贤的礼乐教导有方，才使群马有尽如人意的舞蹈礼拜：

二圣先天合德，群灵率土可封。
击石骖驔紫燕，拟金顾步苍龙。

相传周文王、武王、黄帝、孔子等制礼作乐以教化民众、陶冶百姓。因为圣贤们凭借天意制定礼仪，创作音乐，所以才训练出如此有灵性的舞马，而凭这些舞马的聪明才智，简直可以给它们封地赐爵了。三、四句进一步赞叹舞马的灵性，“击石”即击打石质乐器；“骖驔”原指飞奔的马，这里指舞马的腾挪跳跃之状；“拟金”中的“拟”为用手或器具撞出物体，“金”即指金属乐器；“顾步”即止步；而“紫燕”和“苍龙”都是神话传说中的神马。这两句意谓：击打石质乐器，舞马就腾跳起舞；撞击金属乐器，舞马就静止不动。

第六首写圣明之君端坐在龙庭之上，喜悦地看着舞马表演浮河献图的节目。舞马随着音乐起舞，也为帝王的喜悦而高兴：

圣君出震应箓，神马浮河献图。
足踏天庭鼓舞，心将帝乐踌躇。

“圣君”即指唐玄宗李隆基。“出”即受命，“应箓”是帝王的受命之书。《文选》中，南朝齐王融的《永明十一年策秀才文》中载有：“朕秉箓御天，握枢临极。”李周翰注云：“秉，执也；箓，符也。天子受命执之，以御制天下也。”而“神马浮河献图”，则用了《易经·系辞》中“河出图，洛出书，圣人则之”的典故，相传六七千年前，有龙马身负“河图”跃出黄河、神龟背负“洛书”浮出洛水，伏羲氏依“河图洛书”演绎出阴阳八卦。《晋书》又有中虚堂和尚语录曰：“天基节上堂，河出图、洛出书，雷霆变化，鬼神莫测其由，且道是何祥

（唐）白陶舞马

瑞？良久，圣人复生。”因而，在人们心目中，“河出图、洛出书”历来被看做是国泰民安、天子圣明的征兆。前两句意谓：受命于天的圣明之君威严、端庄地坐在龙庭之上，喜悦地看着舞马在表演浮河献图的节目。第三、四句“足踏天庭鼓舞，心将帝乐踌躇”中的“天庭”即龙庭，古代认为皇帝是天之子、龙之子，故所居之地称为龙庭或天庭。这两句意谓：舞马在宫苑中随着音乐起舞，仿佛心中亦为帝王的喜悦而高兴。

整组《舞马词》，每一首描绘的侧重点不同，角度不同，或侧重舞马神态；或侧重表现“屈膝衔杯赴节”的动作；或借用神话比喻“神马浮河献图”等等，都堪称神来之笔。在表现盛唐时期舞马祝寿这一史实方面，具有不可忽视的文献与文学价值。

此外，还有张叔良《长至日上公献寿》：

凤阙晴钟动，鸡人晓漏长。九重初启钥，三事正称觞。

日至龙颜近，天旋圣历昌。休光连雪净，瑞气杂炉香。

化被君臣洽，恩沾士庶康。不因稽旧典，谁得纪朝章。

作者极尽歌舞升平之能事，营造君臣融洽，共祝生命长在的喜庆氛围。

杨巨源的《春日奉献圣寿无疆词》竟然达十首之多，请看前五首：

（一）

文物京华盛，讴歌国步康。瑶池供寿酒，银汉丽宸章。灵雨含双阙，雷霆肃万方。代推仙祚远，春共圣恩长。凤扆临花暖，龙垆旁日香。遥知千万岁，天意奉君王。

（二）

鸳鹭彤庭际，轩车绮陌前。九城多好色，万井半祥烟。人醉逢尧酒，莺歌答舜弦。花明御沟水，香暖禁城天。赐宴文逾盛，征歌物更妍。无穷艳阳月，长照太平年。

（三）

云陛临黄道，天门在碧虚。大明含睿藻，元气抱宸居。戈偃征苗后，诗传宴镐初。年华富仙苑，时哲满公车。化入絪缊大，恩垂涣汗余。悠然万方静，风俗揖华胥。

（四）

玉漏飘青琐，金铺丽紫宸。云山九门曙，天地一家春。瑞霭方呈赏，暄风本配仁。岩廊开凤翼，水殿压鳌身。文雅逢明代，欢娱及贱臣。年年未央阙，恩共物华新。

（五）

垂拱乾坤正，欢心品类同。紫烟含北极，玄泽付东风。珠缀留晴景，金茎直晓空。发生资盛德，交泰让全功。间气登三事，祥光启四聪。遐荒似川水，天外亦朝宗。

与他人不同的是，杨臣源的寿圣诗，不仅篇幅巨大，而且从单纯的祝福圣主到祈愿国泰民安、恩共物华，境界开阔。景物亦富丽堂皇，与寿祝的热闹氛围十分和谐。

值得一提的是王涯的《献寿辞》，虽然只有短短四句，意象却十分丰富：

宫殿参差列九重，祥云瑞气捧阶浓。
微臣欲献唐尧寿，遥指南山对衮龙。

此外，还有张仲素《献寿词》云："玉帛殊方至，歌钟比屋闻。华夷今一贯，同贺圣朝君。"也是为大唐帝王祝寿颂德而作。当时宫廷庆寿活动之频繁，正如王涯在《九月九日勤政楼下观百僚献寿》中所云："年年歌舞度，此地庆皇休。"

与前代的寿体文学创作相比，唐代为帝王祝贺寿辰的词体创作也开始出现，敦煌曲子词《感皇恩》中就有"叫呼万岁愿千秋"，"从此后，愿皇帝寿如山"的内容，是寿乐寿歌由诗向词的延伸，形式虽然发生了变化，但表现君臣和谐的基调却一以贯之。

宋代用于祝寿祈福的寿词创作更成了一种新的词学现象。据《全宋词》和《全宋词补辑》粗略统计，北宋创作寿词的词人达30余家，词作为180余首。而南宋寿词有2347首，占宋词总数约1/10，涉及寿词创作有姓名可考的词人竟然有400家之多，由此可见，寿词的创作在宋代已非个别现象，成为一种极普遍且流行的社会风尚。

宋代尤其是南宋寿词的创作之所以空前繁盛，是因为它牵涉到政治、社会、时代、民俗、心理、文学等诸方面，它是由一种特殊的文化现象导致的奇特的文学现象。对此，我们将在后面的章节中将做专门的论述，这里只讨论宋代寿圣文化与文学形成的原因及繁盛状况。

两宋皇帝的圣节及高官贵胄庆寿活动直接刺激了寿体文学的创作，从赵匡胤建国开始到赵宋王朝亡国止，几乎每个皇帝都把自己的生日甚至于太后的生日定为圣节，令全体臣民为之庆祝。南渡以后，偏安一隅的南宋王朝寿祝活动虽一度有所收敛，但很快又恢复如故，而且愈演愈烈。统治者一方面本着《乐记》“乐与政通”的传统和“礼以节外，乐以和内”的精神，于绍兴十二年（1142）开天下乐禁；另一方面，每个皇帝都仍然以自己的诞辰命名“圣节”，这种宫廷内的寿祝活动直接促进了寿祝文学的创作，寿乐与词体的配合，更导致寿词创作的繁盛。

如生当北宋真宗、仁宗两朝太平盛世，官至宰相的晏殊，《全宋词》收录其词135首，寿词就有28首，成了宋代第一个大量创作寿词的词人。

如晏殊《珠玉词》中有《拂霓裳》三首：

晏殊画像

其　一

庆生辰，庆生辰是百千春。开雅宴，画堂高会有诸亲。钿函封大国，玉色受丝纶。感皇恩，望九重、天上拜尧云。　　今朝祝寿，祝寿数，比松椿。斟美酒，至心如对月中人。一声檀板动，一炷蕙香焚。祷仙真，愿年年今日、喜长新。

——《拂霓裳》

其　二

喜秋成。见千门万户乐升平。金风细，玉池波浪縠文生。宿露沾罗幕，微凉入画屏。张绮宴，傍熏炉蕙炷、和新声。　　神仙雅会，会此日，象蓬瀛。管弦清，旋翻红袖学飞琼。光阴无暂住，欢醉有闲情。祝辰星。愿百千为寿、献瑶觥。

——《拂霓裳》

其　三

乐秋天。晚荷花缀露珠圆。风日好，数行新雁贴寒烟。银簧调脆管，琼柱拨清弦。捧觥船。一声声、齐唱太平年。　　人生百岁，离别易，会逢难。无事日，剩呼宾友启芳筵。星霜催绿鬓，风露损朱颜。惜清欢。又何妨、沉醉玉尊前。

——《拂霓裳》

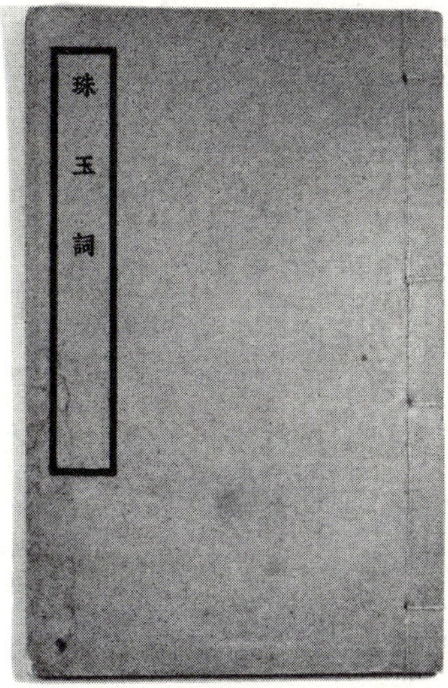

晏殊《珠玉词》

这些词在《珠玉词》中不仅不是佳作，而且历来被人诟病。平心而论，词中一片歌舞升平之声和套用祝颂之语，的确有损词的艺术价值。但与其他人的祝颂之作相较，晏殊还能以平和而又诚挚之语写出他个人的一份祝愿，而且能以自然界的美丽景物为陪衬，娴雅富丽中不失清新与自然的审美情韵。

再如南渡时期的朝廷命官曹勋现存词182首，寿词有29首，其中17首都是为君主、为皇亲国戚而作。如《瑞鹤仙·贵妃生辰》：

小梅凝秀色，泛霁霭晴和，春容初透。璇霄降仙格，觉葱葱佳气，先惊花柳。芝兰户牖。庆禀质、天长地久。有当熊避辇，嘉声懿德，六宫居右。　　清昼。文箫仪凤，妙舞低云，缓锵钧奏。香传绣幄，腾非雾，上金兽。愿千龄遐算，三宫慈爱，长享兹辰劝酒。向瑶台阆苑，芳音永嫔万寿。

《夏云峰·圣节》：

绍洪基，抚万宇，中兴宝运符千。枢电瑞绕，景命燕及云天。挺生真主，平四海、复禹山川。班列立、瞻云就日，职贡衣冠。　　欢均鳌禁鹓鸾。望花城粉黛，金兽祥烟。笙箫缓奏，化国日永留连。宝觞亲劝，须纵饮、歌舞韶妍。都是祝、南山圣寿，亿万斯年。

另外，曹勋还有《赏松菊·寿圣诞辰》、《水龙吟·东宫寿词》、《水龙吟·庆王诞辰》、《宴清都·贵妃生日》等等，从这声声“都是祝、南山圣寿，亿万斯年”的创作氛围中，我们可以感受到当时宫廷祝寿颂德的逸乐风尚是何等盛行。上行下效，寿祝活动不仅在宫廷大盛，在官员之间也比前代更加频繁，甚至还成了某些人附庸风雅、巴结权贵的途径。据周密《齐东野语》“贾

曹勋画像

相寿词”条记载：“贾师宪当国日，卧治湖山，作堂曰半间，又治圃曰养乐，然后为就养，其实怙权固位，欲罢不能也。每岁八月八日生辰，四方善颂者以数千计。悉俾翘馆誊考，以第甲乙，一时传颂，为之纸贵，然皆调词呓语也。”为此周密还戏录了几首，现存于《全宋词》中的有：

陈合《宝鼎现·寿贾师宪》：

神鳌谁断，几千年再，乾坤初造。算当日、枰棋如许，争一著、吾其衽左。谈笑顷、又十年生聚，处处畲风葵枣。江如镜，楚氛余几，猛听甘泉捷报。　　天衣细意从头补。烂山龙、华虫黼藻。宫漏永、千门鱼钥，截断红尘飞不到。街九轨，看千貂避路，庭院五侯深锁。好一部、太平六典，一一周公手做。　　赤舄绣裳，消得道、斑斓衣好。尽庞眉鹤发，天上千秋难老。甲子平头才一过，未说汾阳考。看金盘，露滴瑶池，龙尾放班回早。

廖莹中《木兰花慢·寿贾师宪》：

请诸君著眼，来看我、福华编。记江上秋风，鲸鼇涨雪，雁徼迷烟。一时几多人物，只我公、只手护山川。争睹阶符瑞象，又扶红日中天。　因怀下走奉櫜鞬。磨盾夜无眠。知重开宇宙，活人万万，合寿千千。凫鹥太平世也，要东还、赴上是何年。消得清时钟鼓，不妨平地神仙。

郭居安《声声慢·寿贾师宪》：

捷书连昼，甘洒通宵，新来喜沁尧眉。许大担当，人间佛力须弥。年年八月八日，长记他、三月三时。平生事，想祇和天语，不遣人知。　一片闲心鹤外，被乾坤系定，虹玉腰围。阊阖云边，西风万籁吹齐。归舟更归何处，是天教、家在苏堤。千千岁，比周公、多个彩衣。

从这些文人为权贵进献的寿词中，我们读到的是他们巴结权贵的谄媚之词。周密《齐东野语》“贾相寿词”条又载：贾师宪看到郭居安的《声声慢》后“大喜，自仁和宰除官告院。既而语客曰：‘此词固佳，然失之太俳，安得有著彩衣周公乎？’”所谓“彩衣”是指汉代刘向《列女传》记载，春秋时有个老莱子，七十岁了有时还穿着彩衣扮成幼儿，引父母发笑。后来这个故事就成了孝顺父母的典故。这里郭居安用它来刻意奉承贾师宪，并把贾比作周公，这个荒唐的比喻，连贾师宪本人也觉得吹捧过于离谱。

刘辰翁也有类似的词作，如《临江仙·代贺丞相两国夫人生日并序》：

（甲子之秋，九月吉日，大丞相国公寿母两国太夫人初度，谨上小词，用献为王母三千年之曲。）

丞相衮衣朝戏彩，年年庆事如新。尊前一笑共儿孙。人间传寿酒，天上送麒麟。　缥缈祥烟连北阙，天颜有喜生春。蓬莱清浅海光平。今年初甲子，重试碧桃根。

甲子年即景定五年（1264），丞相即贾似道，两国夫人即贾似道母亲秦、齐两国夫人。刘辰翁景定三年（1262）参加进士考试时，曾于廷对时以“济邸无后可恸，忠良戕害可伤，风节不竟可怜”忤逆贾似道。两年后，刘辰翁又作词为贾似道母亲贺寿，似乎让人不可思议。但值得注意的是词题中有“代贺”二字，其实是景定五年，刘辰翁应江万里之邀入福建转运司幕，题书“代贺”，此词即代江万里贺寿。由此可见，这一类的寿词也许是不得不作。词中句句都是老者爱听的吉祥话，对这样的词作显然不能从文学审美的角度去评定它的价值，它的价值体现在官场应酬中，体现在社会交际的功用上。由此亦可见当时祝寿以献寿词助兴添雅的风尚十分流行。祝寿风气的盛行直接促进并影响了宋代寿词创作的数量，寿词的创作又为世俗祝寿活动涂上了一层高雅的色调。

这些流于庸俗的祝颂之词，虽无艺术与文学价值可言，但他们也是当时社会风气的表现，就某种意义上言，也是社会的一面镜子。正面地说，我们从中可以感受到当时朝廷的祝寿颂德的逸乐风尚、创作者希望君臣和谐的主观意愿。虽然这些文人为权贵献寿诗寿词，有着十分明显的粉饰太平、歌功颂德的因素，甚至有巴结权贵的谄媚之词，但这种希望君臣和谐的主观愿望与原始初民希冀的人神和谐有着纵向的内在的必然联系，与当时社会的理学思潮特别强调的儒家伦理道德尤其是君臣等级观念也密切相关。

亲亲和谐寿亲寿友的诗与词

随着时代的发展与社会的进步，宋代的寿祝文学发生了两个重要变化，一是寿祝类的礼仪活动由祭坛、朝廷而逐渐走向民间，寿祝文学创作的题材也由原始的祭祀向寿圣寿官发展而逐步演化为文人大规模的寿亲寿友。二是寿祝文学的形式也从寿诗向寿词转变。当然，后者的变化从唐代就初现端倪。敦煌曲子词《感皇恩》中就有“叫呼万岁愿千秋”、“从此后，愿皇帝寿如山”的内容，是寿乐寿歌由诗向词的延伸。虽然敦煌曲子词中已有寿词出现，但总的说来宋以前寿词创作的数量不多。而民间寿亲的诗作在唐代已有十分重要的作品，如杜甫的名作《宗武生日》就是一首典型的寿亲诗：

小子何时见？高秋此日生。
自从都邑语，已伴老夫名，
诗是吾家事，人传世上情。

熟精文选理，休觅彩衣轻。
凋瘵筵初秩，欹斜坐不成。
流霞分片片，涓滴就徐倾。

宗武是杜甫次子，小名骥子。这首诗根据浦起龙《读杜心解》将其划在大历元年（766），应该是杜甫从云安迁往夔州那年作，这一年他儿子杜宗武十四岁。诗的前两句写儿子的生日在秋天。第三、四句说宗武写的诗在当时的成都已经小有名气。“人传世上情”是说做一个诗人，不能只是雕琢文字，无病呻吟，而是要用自己的诗歌来反映社会现实。《文选》是南北朝时梁昭明太子编的一部文集，历来认为编得较好。杜甫希望儿子熟读这本书，懂得做文和做人的道理。“休觅彩衣轻”则用了老莱子的典故。《列女传》说老莱子为了使父母高兴，七十岁了还穿着彩衣，装成幼童在双亲面前游戏。人们都说老莱子是孝子，杜甫却认为这种违反自然的所谓“孝举”，不值得学习。父母的殷殷希望是儿子学做一个能“传世上情”的诗人。第二年正月初一，照中国人的习惯算法，宗武进入十五岁，爱子心切的杜甫又写了一首《又示宗武》：

觅句新知律，摊书解满床。
试吟《青玉案》，莫羡紫罗囊。
暇日从时饮，明年共我长。
应须饱经求，已似爱文章。
十五男儿志，三千弟子行。
曾参与游夏，达者得升堂。

杜甫画像

按照孔子的说法，“十五而有志于学”，十五岁正是立志的时候。杜甫希望他的儿子也能早立大志。一方面，他对儿子能够做唐朝盛行的律诗，“摊书解满床”，“已似爱文章”表示满意。另一方面，又对儿子有更高的要求，能读一点《青玉案》之类的古诗，多学一点有用的学问。接着又写孔子有三千弟子，真有成就的不过是曾参、子游、子夏等七十二人，告诫儿子，凡事都要靠自己的努力，不能羡慕那些佩着紫罗香囊的公子哥儿，成天游逛。前后两首写给宗武的诗，都选择在儿子成长的关键时期，都提出了对儿子人生目标的具体要求，严肃而亲切，谆谆教诲，饱含着诗人对儿子的爱怜与期待。

唐代诗人李郢《为妻作生日寄意》也表现了夫妻琴瑟和谐的美好愿望：

谢家生日好风烟，柳暖花春二月天。
金凤对翘双翡翠，蜀琴初上七丝弦。
鸳鸯交颈期千岁，琴瑟谐和愿百年。
应恨客程归未得，绿窗红泪冷涓涓。

还有元结的《系乐府十二首·寿翁兴》：

借问多寿翁，何方自修育。
惟云顺所然，忘情学草木。
始知世上术，劳苦化金玉。
不见充所求，空闻肆耽欲。
清和存王母，潜濩无乱黩。
谁正好长生，此言堪佩服。

从现存唐代的这些寿亲诗中，我们已能看到在当时民间的寿祝活动和亲人间美好的人伦真情。

宋代寿亲寿友的文学创作则蔚为大观。我们以宋词为例，便能以管窥豹。从《全宋词》和《全宋词补辑》统计，北宋创作寿词的词家尽管只有30余家，词作也仅有180余首。但到了南宋，寿词创作的数量激增，有姓名可考的词人就有400余家，词作2347首，竟占了整个宋词总数约1/10。如南宋沈瀛存词99首，寿词有53首；廖行之存词41首，寿词有21首；曹勋存词183

首，寿词 29 首。南宋四川著名的理学家魏了翁更是以 101 首寿词荣登寿词作家的榜首。在四川不仅魏了翁乐于此道，还有吴泳、牟巘等大批词人，甚至北宋大文豪苏轼兄弟也有寿诗寿词传世。在全国范围内，以辛弃疾、陈亮为代表的爱国词人也不乏以词寿亲、寿友的兴趣，不自觉地加入到了这个寿词创作的大军。值得肯定的是，在这些词人的寿词中，寿圣词的数量很少，而多数为寿亲词、寿友词、自寿词。这些类型的词比寿圣词更有文化价值，其价值集中体现了中华传统文化中“和”的内核与本质。

“和”是中华民族伦理道德最高的价值目标。季羡林先生曾一针见血地指出：“中国文化的精髓就是‘和谐’。”早在先秦时代，《尚书·尧典》中就有“百姓昭苏，协和万邦”的主导思想，有“八音克谐，无相夺伦，神人以和”之说。《易经》有“大人者与天地合其德，与日月合其明，与四时合其序，与鬼神合其吉凶。先天而天弗违，后天而奉天时”。孔子《论语·学而》有“礼之用，和为贵”;《中庸》则把“和谐”提到哲学的高度：“中也者，天下之大本也；和也者，天下之达道也。致中和，天地位焉，万物育焉。”汉代董仲舒有“举天地之道而美于和”的观点，并在他的《春秋繁露·循天之道》中强调“中和”的作用：“能以中和理天下者，其德大盛；能以中和养其身者，其寿极命”；宋代理学更将“中和”的观念实用化（关于此，我们将在下一章节中详细论述）。可以说，在此思想基础上所进行的各种社会层次的寿祝活动及其文学创作也蕴含着儒家精神“中和”理念中“孝悌仁爱”的伦理道德。

首先是为长辈寿诞而作的诗与词，集中体现了中华文化的“百善孝为先”的孝道精神。

凡有灵觉的动物都有顺向的生育者对被生育者的爱，这种单向的顺爱是所有动物的本能，人之所以为万物之灵，是因为人不仅具备顺爱的先天属性，还具备因教化所建立起来的逆向的爱。《论语·为政》曰：“今之孝者，是谓能养。至于犬马，皆能有养，不敬，何以别乎?”一针见血地说明对父母的“孝”，不仅在能“养”更在于能“敬”。所谓“敬”，含意虽广，生辰寿礼肯定是必不可少的重要内容。因此，不少的文人以此为题材，记下他们躬身实践的“孝道”理念。如魏了翁寿词虽多，但很少有寿圣词，也很少对高官贵胄刻意的谀美，现存词中单是为母亲而作的寿词就有十余首。从这些寿亲寿友的词中我们可以充分看到理学家词人周到的礼数。

先看张孝祥的《鹧鸪天·为老母寿》：

> 阿母蟠桃不记春。长沙星里寿星明。金花罗纸新裁诏，贝叶旁行别授经。　　同犬子，祝龟龄。天教二老鬓长青。明年今日称觞处，更有孙枝满谢庭。

在贫苦中成长的张孝祥聪明好学，二十三岁高中状元，登上政治舞台不久就站在了主战派一面。为人正直敢言，曾因上书为岳飞鸣冤，得罪了秦桧一党，致使其父张祁被诬告下狱。张孝祥一生作词甚多，《全宋词》辑录其词 223 首。其内容多表达他对北宋的哀思长怀，

张孝祥画像

对北伐中原的讴歌颂扬和对萎靡国事的感愤悲慨，词风“豪壮典丽”，是上承苏轼，下开辛弃疾爱国词派的南宋词坛豪放派的代表人物之一。但这首为母亲而作的寿词却表现了英雄词人情感细腻体贴的一面：一写母亲年轻的心态“阿母蟠桃不记春”；二写自己的孝道：“同犬子，祝龟龄。天教二老鬓长青”；三在对慈母长寿的生命祝福中，不忘“明年今日称觞处，更有孙枝满谢庭”的美好祝愿。联想张孝祥三十八岁即英年早逝的命运，我们不禁为之唏嘘感慨！

晚辈为长辈祝寿之词，不外乎对其生命的积极关注与美好祝福，甚至难免堆砌诸如“延年益寿”、“富贵荣华”等俗词套语，似乎也无词人的独创与艺术价值可言。但在宋人连篇累牍的寿词背后，我们看到的不仅是一幅幅充盈着孝道亲情的家庭生活图画，也能看到在这艺术个性受到极大的题材限制的空间中，词人们极力表现的艺术风采与个人风格。

如江万里《水调歌头·寿母》：

> 生日重重见，余闰有新春。为吾母寿，富贵外物总休论。且说家怀旧话，教学也曾菽水，亲意尽欣欣。只此是真乐，乐岂在邦君。　　吾二老，常说与，要廉勤。庐陵几千万户，休戚属儿身。三瑞堂中绿醑，酿就满城和气，端又属人伦。吾亦老吾老，谁不敬其亲。

江万里画像

江万里，是南宋时期让后人景仰的一代爱国名相，自小“神隽有锋颖”，为官后成为一代诤臣，曾官至左丞相兼枢密使。虽位至宰相，在给母亲的寿词中却只字未言个人的功成名就，甚至没有世俗祝寿的套语陈词。只拿“家怀旧话”为母祝寿，并以二老的廉勤教诲铭刻在心，在一派和气的“亲意尽欣欣”中感受的是别有深意的人伦真谛。“百善孝为先”，牢记父母有益的人生教诲，比任何形式的“孝”都有力量。有如此的美德，方能成就江万里后来以身殉国的壮举！难怪后人在江万里都昌老家古心堂的门楣上镌刻“兄宰相，弟尚书，联璧文章天下少；父成仁，子取义，一门忠孝世间稀”的楹联，正是对一代名相父严子孝最客观真实的评价，也体现了后人对他忠孝节义的无限崇敬。

除为自己的父母作词祝寿外，为长辈或为其他老者祝寿也是宋人“尊老”意识的体现。如刘辰翁的《青玉案·寿老登八十岁，戊午六月十七日》也很别致：

> 里中上大人谁大。人上大、仁难作。八十六翁闲处坐。小生懒惰。近来高卧。忘却今朝贺。
> 甲申还是连珠么。剩有老人星一个。白发朱颜堪婆娑。灵光殿火。昆明劫过。角绮园黄我。

戊午即宝祐六年（1258），刘辰翁二十七岁，是年秋刘辰翁参加乡试居魁。此词是他参加乡试之前所作，“寿老”为“里中上大人”可知乃同乡高寿者，刘辰翁作寿词以贺，并对自己的疏忽怠慢特意致歉。由此词我们已可见“尊老”已成为当时的一种社会风尚。

其次是寿亲词的和谐至善。

由于宗法血缘的人伦本性和宋代理学对封建伦理道德的强化，寿亲词成为宋代特别是南宋词人乐于为之的题材。寿亲的对象极为广泛，父母、子女、兄弟、夫妻、亲戚，无所不包。寿亲词的艺术品格虽不统一，但

二十四孝之弃官寻母

多数作品能真切描绘世俗社会淳朴自然的人伦亲情。

如铁骨铮铮的辛弃疾，以豪放大气的风格为词，在那个寿祝风气流行的时代，也不乏为长辈祝寿并写作寿词的兴趣，如《鹊桥仙·为人庆八十席上戏作》：

朱颜晕酒，方瞳点漆，闲傍松边倚杖，不须更展画图看，自是个、寿星模样。　今朝盛事，一杯深劝，更把新词齐唱。人间八十最风流，长贴在、儿儿额上。

又如《品令·族姑庆八十，来索俳语》：

更休说。便是个、住世观音菩萨。甚今年、容貌八十岁，见底道、才十八。　莫献寿星香烛。莫祝灵龟椿鹤。只消得、把笔轻轻去，十字上、添一撇。

辛弃疾画像

这些本色寿词，词句谐谑，绘形写神，形象地展示了当时欢声笑语的宴会场景。虽然是应时应景之作，但从其美好的创作动因看，真实地表现了英雄词人与人和谐相处的善谑风趣，显示出稼轩词体某一方面的生活内容和艺术风貌。

除了以寿词表现对长辈的“孝”以外，表现兄弟情谊间的“悌”，在宋代寿词中也比比皆是。如张孝祥写给弟弟的两首寿词：

《鹧鸪天·平国弟生日》：

楚楚吾家千里驹。老人心事正关渠。风流合是阶除玉，爱惜真成掌上珠。　纡彩绶，荐芳壶。

老人还醉弟兄扶。问将何物为儿寿，付与家传万卷书。

《鹊桥仙·平国弟生日》：

湘江东畔，去年今日，堂上簪缨罗绮。弟兄同拜寿尊前，共一笑、欢欢喜喜。　　渚宫风月，边城鼓角，更好亲庭一醉。醉时重唱去年词，愿来岁、强如今岁。

张孝祥还有如《西江月·代五三弟为老母寿》中云：“年年今日彩衣斑。兄弟同扶酒盏。”也和上述两首为弟弟所作的寿词一样，将家族中母慈子孝、兄弟悌爱的人伦之乐表现得历历在目。

二十四孝之戏彩娱亲

最难能可贵的是宋代寿亲词中还有许多表现妇女美德，颂扬爱情的内容。如刘辰翁的《鹊桥仙·自寿二首》：

其　一

轻风澹月，年年去路。谁识小年初度。桥边曾弄碧莲花，悄不记、人间今古。　　吹箫江上，沾衣微露。依约凌波曾步。寒机何意待人归，但寂历、小窗斜雨。

其　二

天香吹下，烟霏成路。飒飒神光暗度。桥边犹记泛槎人，看赤岸、苔痕如古。　　长空皓月，小风斜露。寂寞江头独步。人间何处得飘然，归梦入、梨花春雨。

刘辰翁画像

为人作寿词，“尽言神仙则迂阔虚诞”，写自寿词更是年年重复，很难超越。作者深识其中的奥秘，以神仙之境，写现实人生，通过自己淡泊超脱的人生态度表达自己对神仙世界的美好向往。但这首词为人注目的是值逢佳期，词人不由自主地想到了夫人萧氏，想到她对自己学业的支持和鼓励，并巧妙地运用东汉乐羊子妻“断织劝夫”的典故，赞扬自己妻子的贤惠：“寒机何意待人归，但寂历、小窗斜雨。”正是贤妻年复一年，月复一月的操持家务，自己才能完成学业。既有对贤妻的感激，又有对她独守空门的拟想与心疼。这种感恩情怀虽是平常话语，却语淡情深，是亲亲和谐的佳曲。

在文学中，爱情是永恒的主题，寿词很少谈情说爱，但有夫妻间的相互祝寿词作，让人真实地体会到平安是福、平淡是真的幸福境界。试读无名氏的《千秋岁·夫寿妻》：

> 记当初归我，似德耀、嫁梁鸿。算三十年间，艰难历遍，甘苦相同。新来有孙可抱，也添些、喜色到眉峰。今日又逢生日，不妨博酒从容。　老翁，只是一村农。欠你孺人封。幸儿渐知耕，妇能知织，莫问穷通。君看世间富贵，比浮云、缥缈过晴空。何似大家清健，玉林岁岁春风。

这是一位乡村老翁与妻子三十年同甘苦、共呼吸的患难生活写真。既有甜蜜的回忆，诚挚的铭谢，亦有因情感负荷而带来的歉意，最后是知足常乐的宽慰和更为美好的祈愿。患难中弥见爱情的真善美，生命有限，情爱无限，生命意识在永恒深沉的爱情中反复凸现。这类寿词的审美价值比一般的爱情词别有境界。

对新生命的礼赞也是寿亲词的一个重要主题。如吴申的《七娘子·贺人子晬》：

> 君家诸子燕山盛。去年两见门弧庆。银蜡烧花，宝香熏烬。晬盘珠玉还相映。　耳边好语凭君听。此儿不与群儿并。右执金戈，左持金印。功名当似王文正。

所谓“晬”，婴儿周岁也，是自婴儿出生后最为隆重的一个喜庆日子。按中国人的风俗，周岁之庆要敬神祀祖，设筵请客，客人们对婴儿美好的祝福也是中国人从古至今的习俗。词的开头以燕山窦氏五龙的典故，祝颂婴儿的不凡不俗，紧接着写今天（抓周之日）的喜庆，突然笔锋又一转，直说此儿与群儿之别：“右执金戈，左持金印”，点出了长辈对幼辈望子成龙的心态。这类寿词大多是围绕生命前程的期待与祝福发散开去，其间裹挟些历史典故，使得祝寿之作俗中见雅，蕴含厚重的历史文化和美好的生命期待。像这样美好的祝福在宋人寿词中还有很多。

其三是寿友词的人际和谐。

宋代官员与文人士大夫都十分注重礼仪交际，譬如某一官员赴任、离任或者到各地巡视时，当地的官府大都要举行规模不等的迎送仪式。至于个人的婚庆、寿诞更是文人们不能避免的社交礼仪，于是，那些“亦官亦文”的词人们便作诗作词互相酬唱。而寿祝活动又带有使人身心愉悦的人伦情调和日常性的情感体验，就更容易被人们广泛认同。因此社会各阶层的寿亲、寿友活动和与之相连的寿词创作，自然就成了许多文人乐于参与的既世俗又高雅的交际活动。寿友的对象一般是同僚和朋友，其祝寿词的主题倾向也基本集中在对仕途同僚、朋友知己功业和德行、才识的评价和颂扬上。如杨炎正《满江红·寿稼轩》：

寿酒如渑，拼一醉、劝君休惜。君不记、济河津畔，当年今夕。万丈文章光焰里，一星飞堕从南极。便御飞、乘兴入京华，班乡棘。　君不是，长庚白。又不是，严陵客。只应是，明主梦中良弼。好把袖间经济手，如今去补天西北。等瑶池、侍宴夜归时，骑箕翼。

词中有寿宴痛饮的场面，但更多的是对辛弃疾“明主良弼”与“补天英才”的高度赞扬以及“如今去补天西北”的殷殷期待。方岳《瑞鹤仙·寿丘提刑》则力戒庸辞滥调，写得十分新颖别致：

一年寒尽也。问秦沙、梅放未也。幽寻者谁也。有何郎佳约，岁云除也。南枝暖也。正同云、商量雪也。喜东皇，一转洪钧，依旧春风中也。

香也。骚情酿就，书味熏成，这些情也。玉堂深也。莫道年华归也。是循环、三百六旬六日，生意无穷已也。但丁宁，留取微酸，调商鼎也。

丘提刑指丘密，南宋名臣。方岳此词以气氛烘染取

方岳画像

胜，抓住新年即将到来的时刻，选取代表这一季节的梅花为全词结构的骨干，写梅即写人，上片主要称道丘崈的品质。换头以“香也”承上启下，下片进一步颂扬其学问和勋业。“一香吹动人间世”，梅花的芳香也酿就了骚人的吟情，熏成了书卷的韵味。丘崈是孝宗隆兴元年(1163)进士，“骚情”、“书味”等语颂其文采风流，紧接着便以“玉堂深也”一语转入其从政生活，巧妙颂扬其处于学士之位的清贵。据《宋史・丘崈传》：“崈仪状魁杰，机神英悟，尝慷慨谓人曰：‘生无以报国，死愿为猛将以灭敌。’其忠义性也。”可见丘崈是一个有雄心有抱负的人。词人抓住了最能打动人心的理由，指出“三百六旬六日，生意无穷已也”，衷心期待他“留取微酸，调商鼎也”，风趣而又别致。

寿友词中最有价值的就是那些志同道合的朋友，在生日之际将生命的意义与国家的命运紧密结合在一起，书写他们在南宋那个特殊的年代眼看国土沦丧，欲有所为又不得为的生命之思。其中堪称高境界大手笔的应首推辛弃疾，他的《水龙吟・为韩南涧尚书寿甲辰岁》云：

渡江天马南来，几人真是经纶手。长安父老，新亭风景，可怜依旧。夷甫诸人，神州沈陆，几曾回首。算平戎万里，功名本是，真儒事，君知否。

况有文章山斗，对梧阴、满庭清昼。当年堕地，而今试看，风云奔走，绿野风烟，平泉草木，东山歌酒。待他年，整顿乾坤事了，为先生寿。

这首词是辛弃疾为南宋著名抗金将领韩元吉祝寿时所作。词人从时事入手感叹国家南北分裂依旧，当权者无所作为，称颂寿主韩元吉政事文章卓著，从政以来尽忠为国，即使身居林泉亦心忧天下。它一举打破了当时的寿词不离富贵长生、吉祥如意的世俗情调，将功名的祝愿融于建功立业的报国情思之中，并以戮力国事、奋志封疆相激励。这似乎游离了祝寿的主旨，其实则不然，该词的结尾几句“待他年，整顿乾坤事了，为先生寿”最终又回归到了“寿”字。国耻未雪，何以颂寿？在一个民族危亡、国家即将沉沦的时代，每一个子民的生命价值何以实现，只有经历了血与火的洗礼，才可以因民族最后的恢复振兴来评判个体生命价值的优劣轻重。辛弃疾明显意识到了这一点，所以寿词中不见祝语，却慷慨激昂、豪迈奔放，勉励朋友，也激励自己。这是一种特殊的心与心的契合。

寿词在语言、用调上受到一定限制，又属不得不作，因此难有新意。张炎《词源·杂说》：“难莫难于寿词，倘尽言富贵则尘俗；尽言功名，则谀佞；尽言神仙，则迂阔虚诞。”况周颐论寿词也说：“寿词难得佳句，尤易入俗。”寿词难以免俗，一些词人便努力避俗

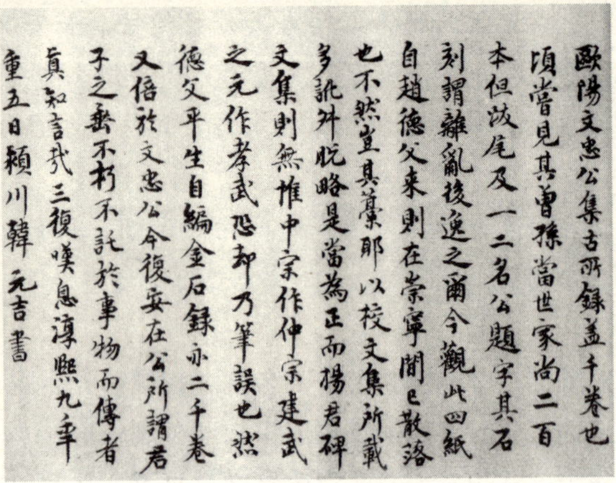

歐陽文忠公集古所錄蓋千卷也
頃嘗見其曾孫當世家尚二百
本但跋尾及一二名公題字其石
刻謂離亂後逸之爾今觀此四紙
自趙德父來則在崇寧間已散落
也不然豈其藁耶以校文集所載
多訛舛脫略是當為正而揚君碑
文集則無惟中宗作仲宗建武
之元作孝武恐却乃筆誤也然
德父平生自編金石錄亦二千卷
又倍於文忠公今復安在公所謂君
子之蓄不朽不託於事物而傳者
真知言哉三復嘆息淳熙九年
重五日穎川韓元吉書

韩元吉跋欧阳修《集古录跋尾》，1182 年。台北故宫博物院藏

就雅，如张炎其词《南楼令·寿同溪》：

天净雨初晴，秋清人更清。满吟窗，柳丝周情。一片香来松挂下，长听得，读书声。　闲处卷黄庭，年年两鬓青。佩芳兰，不系尘缨。傍取溪边端正月，对玉兔，话长生。

我们不可否认词人在“雅”上做足了工夫，语言清丽，意境娴雅，深得其所谓雅正、清空之妙。但语言的新、雅仍掩盖不了长生富贵、功名利禄之意的“俗”。而另有一些词人，则能跳出寿词必言长生富贵、功名利禄的俗套。如宋末词人刘辰翁的《洞仙歌·寿中甫》：

也曾海上，啖如瓜大枣。海上归来相公老。画堂深、满引明月清风，家山好、一笑尘生蓬岛。

> 六年春易过，赢得清阴，到处持杯藉芳草。看明年此日，人在黄金台上，早整顿、乾坤事了。但细数齐年几人存，更宰相高年，几人能到。

“中甫”即抗元名士邓光荐（字中甫），曾与文天祥、刘辰翁等同窗共读，受业于当时的大教育家欧阳守道门下。邓光荐曾随驾厓山，宋亡（1279），投海而未得死，被虏，与文天祥一同北上，之后邓光荐因病得以放归，但入元后终生不仕，始终坚守着民族气节。“六年春易过，赢得清阴，到处持杯藉芳草”，叙述邓光荐隐居庐陵已六年。是年邓、刘五十三岁，邓和刘辰翁是同乡，又与刘辰翁是景定三年（1262）同科进士，即所谓“齐年”，词中抒发“人在黄金台上，早整顿、乾坤事了”的豪情，亦深感亡国后“细数齐年几人存”的孤独与凄苦，如此的祝寿已不同于过去词人的风流雅集，抒发亡国之悲慨已成了他们共同的心声。

此外，还有张孝祥的《西江月·张钦夫寿》，陈亮的《水调歌头·癸卯九月十五日寿朱元晦》，陆游的《感皇恩·伯礼立春日生日》，方岳的《水调歌头·寿吴尚书》、《水调歌头·寿赵文昌》等等寿友词，在评赞友人德行、才能、伟业背后也忧时伤怀，表明自己的伟大抱负，寄予着自我的生命价值，富有强烈的历史厚重感和时代使命感。在这里，生命意识不是对个人生命寿夭的忧虑，也不是对美满幸福生活的眷念，更不是对死亡终极的畏惧，而在南宋那个特殊时代的非常环境中，化不开的生命意识及相应的复杂心态的写照。

除南宋爱国志士们借寿词互诉衷曲外，还有一类祝寿词，不提具体寿主，似乎没有具体的祝寿对象，只是让人沉浸在一种欢乐美好的喜庆氛围中，也十分和谐。如南宋沈瀛现存词99首，寿词占了53首，其《减字木兰花》三首，反复渲染的就是这种热闹和谐喜庆的氛围和美好的生命祝愿：

其 一

必恭敬止。老子甚为桑梓喜。骏马争风。诗卷人人数百通。　　斗杓挹酒。齐祝乡人箕翼寿。天若言何。更乞文星下照多。

其 二

十巡今止。乐事要须防极喜。烛影摇风。月落参横影子通。　　粗茶淡酒。五十狂歌供宴寿。敬谢来何。再得寻盟后日多。

其 三

寿诗且止。设席肆筵谁助喜。抹月批风。先向天厨号令通。　　满卮天酒。上与天田同日寿。其应维何。寿及天民性命多。

还有如廖行之今存词41首，寿词占了21首，几乎为所有的亲朋好友都作了寿词。试读其《凤栖梧·寿长嫂》：

吾母慈祥膺上寿。福庇吾家，近世真希有。丘嫂今年逾六九。康宁可嗣吾慈母。　　我愿慈闱多福厚。更祝遐龄，与母齐长久。鸾诰聊翩双命妇。华堂千岁长生酒。

虽然我们也应该看到，这类词在表达寿祝延年之意外，也常夹杂有荣华富贵、功名神仙、封妻荫子等尘俗观念，但它的本质是和谐他人、和谐自我的特殊交际手段的产物。这些带有夸张情调的祝福语，为寿祝活动增添喜庆的欢乐气氛是可想而知的，铺张侈靡的寿祝活动虽有享乐的性质，也同时具有弘扬理学孝悌仁爱的深刻用意。

问询生命的自寿词

对个体生命的珍视是随着人类进化而逐渐自觉的意识，到了魏晋时代个体生命意识已完全苏醒、自觉并在社会动荡与连年战火的历练中日益强化。但魏晋士人的生命意识和人生观念，在深受庄子“形”、“神”对立生命观的影响下，一方面注重生命的长度，另一方面更看重人的精神自由与心灵的旷达，对生命的珍惜也更多地表现在对生命价值的审美意义层面上。再加上魏晋南北朝动乱频仍，文人奔波流离，因而寿祝活动反不如前代频繁，寿诗创作数量不多，现存的十余首寿诗也多为宫廷文人所作。值得一提的是，在魏晋南北朝中曹操对个人生命的理解与把握却是值得玩味的。一生雄才大略、戎马倥偬的曹操，也悲慨于“造化之陶物，莫不有终期”（《精列》），“天地何长久，人道居之短”（《秋胡行》），其晚年所作的游仙诗如《气出唱》三首，想象“愿得神之人，乘驾云车，骖驾白鹿，上到天之门，来赐神之药。跪受之，敬神齐”，目标也很直白，“万岁长，宜子孙”也充满了对生命的美好祝福。试读《气出唱》其三：

> 游君山，甚为真。崔嵬砟硌，尔自为神。乃到王母台，金阶玉为堂，芝草生殿旁。东西厢，客满堂。主人当行觞，坐者长寿遽何央。长乐甫始宜孙子。常愿主人增年，与天相守。

暮年的曹操清醒地知道死亡是不可抗拒的自然规律，也希望长寿，甚至想得到长生不老的神药。他在《秋胡行》第二首中就有“思得神药，万岁为期”的期盼，更有“不戚年往，忧世不治”的人生遗憾。但总的来说，曹操对生死的思考，对生命价值的理解却超乎常人的积极与达观。这种达观在《龟虽寿》中表现得尤为明显——“老骥伏枥，志在千里；烈士暮年，壮心不已”；“养怡之福，可得永年”，个人的寿数有限，但生命意志是顽强的，虽到迟暮之年，只要精神旷达，将生命的价值赋予人生的分分秒秒，用心体悟生命的点滴之福，自会换来生命之树常青。曹操虽然没有完全否定“天”的恩赐，但更强调人的努力因素，这就比所谓的“死生有命，富贵在天”的思想前进了一大步。曹操的诗歌虽不能简单地划归到寿诗的范围，但他于生命的关注对后世寿祝文学的启发意义却是不能忽视的。

对个体生命价值的关注，追求自身的和谐也是宋代寿祝文学，尤其是南宋自寿词创作不可忽视的重要内容。南宋是一个国势颓靡、苟延残喘的时代，统治者尚且不思进取，爱国志士何来用武之地？生命的价值无从实现，感情的宣泄需要出口，个人的生日自然是个最佳

曹操画像

时机。加之古往今来，人与人之间的矛盾较之于人与自然的矛盾更为复杂，而“人与自己的矛盾”则更难解决，因此，“自我身心内外的和谐”与“天人和谐”、“人我和谐”同等重要。对此，儒家的“修身齐家治国平天下”，将自我的修养排在了第一，虽然儒家要求“修身”的含义十分丰厚，但各人心中诸如理想与现实之间、渴求生命的永恒与自我生命的逐渐老去等等矛盾则是首当其冲的，而自寿词正好为作者提供了一个审视自我生命价值，为“自我身心内外”的矛盾提供一个展示与求得新的和谐的机会。因此南宋自寿词虽风格各异、心态各异，但反思生命、与自我生命对话，进而寻找一个自我和谐的平台，却是他们共同的创作目标。

首先是寿主对自我生命流逝的感慨。与他寿词为人祝寿庆生，表现对寿主生命礼赞的欢乐基调完全不同的是，自寿词常常表现的是对生命的不舍与执著，正如同对死亡的恐惧成为寿词创作的最原始冲动，对生命失意的辛酸与失败的苦涩，是宋人自寿词最普遍的咏叹。

何梦桂的《大江东去·自寿》表现的就是生命价值不能实现的苦涩与辛酸：

> 半生习气，被风霜、销尽头颅如许。七十年来都铸错，回首邯郸何处。杜曲桑麻，柴桑松菊，归计成迟暮。一樽自寿，不妨沉醉狂舞。　　休问沧海桑田，看朱颜白发，转次全故。乌兔相催天也老，千古英雄抔土。汾水悲歌，雍江苦调，堕泪真儿女。兴亡一梦，大江依旧东注。

何梦桂画像

何梦桂（1229—1303），字岩叟，别号潜斋。咸淳元年（1265）省试第一，举进士，廷试第三名。初为台州军判官，历官太常博士，咸淳十年（127）任监察御史。曾任大理寺卿。引疾去，筑室富昌（后改名文昌）小西源，屡召不赴。著书自娱，终老家中。这首自寿词，回顾了自身经历并进而反思整个世事人生，充满了岁月空掷而壮志难酬的无奈。尤其是下阕“休问沧海桑田，看朱颜白发，转次全故”等语，关注的焦点全在个人，与曹操的通达相比，境界就十狭窄了。

韩元吉的《瑞鹤仙·自寿》风格亦同此调：

> 好山横翠幕。更一水流烟，嫩阴成幄。薰风转林薄。笑劳生底事，漫嗟离索。霞觞细酌。尽流年、青镜易觉。算芙蓉、玉井香翻，不减旧阶红药。寂寞。　　草玄空老问字人稀，也胜投阁。骑鲸后约。追汗漫，记寥廓。便风帆高挂，云涛千里，谁道蓬壶水弱。任蟠桃、满路千花，自开自落。

身为南宋抗金名将的韩元吉，绍兴二十八年（1158）为建安县令。隆兴间，官至吏部尚书。乾道九年（1173）为礼部尚书，出使金国。淳熙初，曾前后两次出守婺州，一次出守建宁。后晋封颍川郡公，归老于信州南涧。应该说，韩元吉在人生路上也颇有成就，黄昇在《中兴以来绝妙词选》称其“文献、政事、文学为一代冠冕”。但就是这样一位成功人士，面对自己的生日，也丝毫没有被寿的内在欣悦，只有“笑劳生底事，漫嗟离索”，“任蟠桃、满路千花，自开自落”的生命流逝的悲哀。这苦不堪言的悲剧感源自词人个体生命意识的觉醒，源自词人生命价值不能实现的焦灼。

英雄词人辛弃疾，生日之际也不免伤逝的情怀。如其《临江仙·壬戌岁生日书怀》：

六十三年无限事，从头悔恨难追。已知六十二年非。只应今日是，后日又寻思。 少是多非惟有酒，何须过后方知。从今休似去年时：病中留客饮，醉里贺人诗。

这是一首典型的自寿词，写于嘉泰二年（1202）夏，当时词人闲居瓢泉。回顾六十多年岁月已匆匆而去，蹉跎岁月给词人带来无尽的悔憾与无奈，生命的价值既不能在外部世界得到实现，只好借填寿词这样特定的题材宣泄词人伤逝的情怀和无限低回的生命之慨。

南渡以后的中兴时期，大规模的战争基本停息，南宋朝廷企图中兴，又偏安苟且。

面对颓靡国势，爱国的词人即使作寿词也多是寄寓国事，表现激昂向上，壮志难酬的生命悲慨。如刘克庄《念奴娇》：

小孙盘问翁翁，今朝怎不陈弧矢。翁道暮年惟只眼，不比六根全底。常日谈玄，馀龄守黑，赤眚从何起。鬓须雪白，可堪委顿如此。 心知病有根苗，短檠吹了，世界朦胧里。纵有金篦能去翳，不敢复囊萤矣。但愿从今，疾行如鹿，更细书如蚁。都无用处，留他教传麟史。

刘克庄（1187—1269），字潜夫，号后村。福建莆

刘克庄画像

田人。词以爱国思想内容与豪放的艺术风格见称于时，是辛派词人的重要代表。冯煦认为刘克庄是“与放翁、稼轩，犹鼎三足”的豪放派词人。“其生丁南渡，拳拳君国似放翁，志在有为，不欲以词人自域似稼轩”，面对自己的生命问询，他抒发的却是无可奈何的低落情绪，以平复自己壮志难酬的遗憾。又如：

> 年年岁岁今朝，左弧悬罢浑无事。吾衰久矣，我辰安在，老之将至。懒写京书，怕看除目，败人佳思。把东篱掩定，北窗开了，悠然酌、颓然睡……
>
> ——《水龙吟》

写同类寿词的还有黄人杰、姚勉等一大批作者。如黄人杰的《祝英台·自寿》：

异乡中，行色里，随分庆初度。老子今年，五十又还五。任他坎止流行，吴头楚尾，本来是、乾坤逆旅。　贵和富。此事都付浮云，无必也无固。用即为龙，不用即为鼠。便教老却英雄，草庐烟舍，也须有、着闲人处。

当然，也有一些自寿词表现出了生命顿悟后的坦荡与从容，或聊以自慰的故作旷达。如魏了翁自寿词的中很多词章表现了一种行藏在我的从容境界。赵鼎则表现他的故作潇洒，如《醉蓬莱·庆寿》下阕云：

谁会高情，淡然声利，一笑尘寰，万缘何有。解组归来，访渔樵朋友。华发苍颜，任从老去，但此情依旧。岁岁年年，花前月下，一尊芳酒。

赵鼎（1085－1147），字元镇，宋高宗时任宰相，南宋著名的抗金名相。因与秦桧论和议不合而被罢相。本为辅国重臣的他，在国家生死存亡之际却被谪居赋闲，岁月易逝而壮志难酬。面对生死大限，他任运大化，不喜不惧，在庆寿的喜乐气氛中表现出超越生死得失的泰然与豁达，在貌似清旷闲适的自寿词中渗透的是词人抑郁不平之气、悲愤牢落之情。这些自寿词充满了南宋词人对自我生存方式、生命终极意义的深沉思考。联系赵鼎被贬后，给宋高宗的上表中言：“白首何归，帐余生之无几；丹心未泯，誓九死而不移。”表达了自

海南 赵鼎塑像

己抗金救国的意志永不改变。面对秦桧的残酷迫害，在海南以死抗争，并在临终前自书铭旌——“身骑箕尾归天上，气作山河壮本朝”的英烈之举。词中所表达的那种洞彻寿夭穷通的淡定的生活态度，很大程度上表现的是南宋文人在经纶济世的理想破灭后，为排遣苦闷聊以自慰的故作旷达，是以表面的潇洒超越来凸现内心的沉郁愤激。

再如南渡前后的词人朱敦儒，早年过的是风流名士的生活，“靖康之变”后，亲历战乱散离，国破家亡的深哀剧痛，有不少忧国伤世的词作。晚年却陶醉于隐居生活，其寿词也体现了他不得不安于苟且的复杂心态：

> 今年生日，庆一百省岁。喜趁烧灯作欢会。问先生有甚，阴德神丹，霜雪里、鹤在青松相似。
>
> 总无奇异处，只是天然，冷澹寻常旧家计。探袖弄明珠，满眼儿孙，一壶酒、□向花间长醉。且落魄、装个老人星，共野叟行歌，太平时世。
>
> ——《洞仙歌》

如果说“他寿”词主要表露了词人对生命价值的充分肯定，进而对生命的美好祝福与礼赞，“自寿”词则更多地表现了词人排遣自我生命苦闷和重构生命价值的需求。后者往往有着深刻的悲剧内蕴。除宋代尤其是南宋风雨飘摇的时代所造就的文人的普遍柔弱内敛的心态外，更多的还是对生命价值的期待与现实的落差，通过自寿词的释放，也不失为一种让人摆脱心灵的郁闷，平衡心态的妙方。所以才华横溢的词人在自己生命纪念日或咏叹或低吟或疾呼，都是一种个人身心的平衡、内外和谐的方式，从这个意义而言，自寿词也是抒情言志的不可忽视的题材。

另外值得注意的是刘辰翁的自寿词。他的自寿词不多，严格意义上说只有 3 首。另有 15 首是寿日与朋友唱和之词，前一类是写给自己的，情感上处于“自我”反省的状态，思绪往往更加客观冷静。如《摸鱼儿·辛巳自寿年五十》：

是耶非、吾年如此，更痴更悔今昨。狂吟近日疏于酒，转似秋山瘦削。浑未觉。恁儿子门生，前度登高弱。情怀又恶。叹亲友中年，不堪离别，况复久零落。　　长生药。有分神仙难学。人生聊复行乐。百年半梦随流水，半在南枝北萼。妾命薄。但寂寞黄昏，时听城楼角。愁无可著。且取醉尊前，明朝休问，昨日已忘却。

五十岁是人生步入老年的界线，人的心态会有一些变化，何况刘辰翁那些年又有些特殊的境遇。宋亡（宋帝昺崖山蹈海）之年，刘四十八岁，赴都昌安葬恩师江万里，第二年又找到江万里义子江镐，后又赴都昌为江万里石山庵更名归来庵，并作《归来庵记》寄托哀思。安葬了恩师江万里，刘辰翁可以说完成了最后的心愿。离开都昌已是至元十八年（1281），即辛巳年初。面对自己五十大限，刘辰翁百感交集："是耶非、吾年如此，更痴更悔今昨"，饱含了多少哀怨幽叹。如今已是"秋山瘦"，如今已是"登高弱"，更何况亲友在山河破碎中"离别"、"零落"。"梦随流水"，"愁无可著"，对无法把握的个人命运，他只能"且取醉尊前，明朝休问，昨日已忘却"，忘掉过去，忘掉那魂牵梦系的复国幻想，告别那个沉浸在凄苦中的"刘辰翁"。这是一种亡国后无奈的自我心理调适，无处可以排遣的苦闷，只有在自寿词中可以尽情倾泻。

刘辰翁还有《满庭芳·和卿帅自寿》：

千骑家山，一觞父老，前有韩魏公来。青原上巳，才见寿筵开。欧公云间还见，忆相州、更自迟回。公知否，福星分野，飞骑不须排。 留春亭下草，雪霜过了，依旧春荄。待留春千岁，日醉千杯。却怕催归丹诏，栋明堂、须要雄材。趋朝去，西风便面，双手障浮埃。

这类词人以自寿词反映了在当时动荡的社会环境中，人们对自身的生死契阔难以把握时，对生命价值的取向采取消极避世的自我调节。它也是一种生命反思，但它们透出是一种在时局面前的无可奈何之情怀和悲凉之心境，虽然作者并未将自己完全置身度外，但词中既表现着生命的无奈，也有些近乎无聊。如刘辰翁还有“且从容，某水钓，某丘游”（《最高楼·壬辰寿王城山八十》）之类，面对国事只能无奈地表现不问沧桑的“闲人心态”，它反映了一代文人的悲哀，也为宋代寿词的进一步发展打下休止符。

综上所述，宋代寿体文学创作的繁盛不是孤立和异军突起的，而是有着深厚的民族文化底蕴的特殊文学现象。原始初民在虔诚的宗教祭祀中希冀人神和谐的愿望，虽带有浓厚的巫术文化色彩，但它为我们留下了遥远而不可磨灭的种族记忆。随着“君权神授”观念的逐渐深入和统治阶级为自己的祝寿庆生，由人神和谐向君臣和谐转换。希冀君臣和谐，天下太平成了寿体文学创作的主旋律。发展到宋代，随着理学将儒家的“君子和而不流”、“孝悌仁爱”等道德观念发扬光大和生活化，人人和谐的理念则成了寿体文学创作者良好的初衷与愿望。人与人之间的和谐是美的，寿祝文学的美在于它把人们的行为与艺术交融为一体。虽然寿体文学作家出于应酬的需要，难免有世俗化乃至缺乏个性化色彩的一面，但它从远古华夏民族的人神和谐、君臣和谐、人人和谐一路走来，真实地记录着当时的人们用各种行动践行“和为贵”的社会道德风尚，是值得我们充分肯定和珍视的；作为一份珍贵的文化遗产，也是值得我们深入研究的。

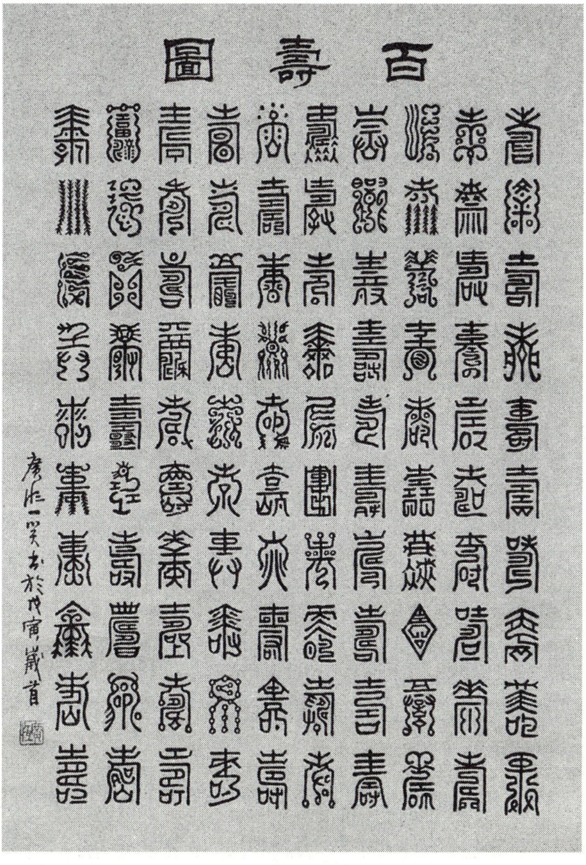

百寿图

二、宋代理学思潮对寿祝文学的影响

宋代崇尚儒学的政治背景

宋代文化高度繁荣，是中华本土文化高度成熟与定型的时期，也是中国传统文化成熟的典型范式。宋代理学大师朱熹在《楚辞集注》中称："国朝文明之盛，前世莫及。"陈寅恪在《邓广铭〈宋史职官志考证〉序》中亦指出："华夏民族之文化，历数千载之演进，造极于赵宋之世。"的确，传统文化发展到宋代，已达到一个全面繁荣和高度成熟的新境界，尤其是宋代的理学思潮是中国文化发展的一个新阶段，是哲学理论思维深化的表现。虽然北宋诸多学派并立，但它主要的源头还是先秦儒家思想。

宋代崇尚儒家学说，早在北宋的开国谋臣赵普那里就有"半部论语治天下"的趣闻，虽然《论语》并没有告诉后人应该如何治理国家，但它的核心内容是讨论世间的人伦道德。赵普就是汲取了书中的精华，把它活用到了政治上，成了宋代杰出的名相。

赵普画像

宋朝统治者也深受儒家思想的影响。宋太祖赵匡胤即位不久，即以“杯酒释兵权”的方式，解除了开国武臣的权力，改用文臣充当武将。一方面表现了赵匡胤在结束了五代割据的局面之后，加强集权的果断；另一方面，他加强集权的方式与前朝帝王诛杀开国功臣相比还算比较仁慈。赵匡胤既解除了军阀割据的威胁，又保全了他们的性命，让他们过上安生日子。这段被誉为“最高政治艺术”的千古佳话，其行为方式和客观效果，都是比较符合先秦儒家积极倡导的“仁政”理想的。此外，宋太祖还制定了一系列保护文臣的措施，其中最有说服力的是宋太祖的三条后世戒规。据陆游《避暑漫抄》记载，宋太祖称帝的第三年，即建隆三年（962），就“密镌一碑，立于太庙寝殿之夹室，谓之誓碑，用销金黄幔蔽之，门钥封闭甚严。因敕有司，自后时享及新天子即位，谒庙礼毕，奏请恭读誓词”。此后每代新皇帝登基，照例由一个不识字的宦官“验封启钥，先入焚香，明烛，揭幔，亟走出阶下，不敢仰视”。然后由皇帝亲自到碑前“再拜，跪瞻默诵讫，复再拜而出”。仪式庄重而神秘。碑中“誓词三行，一云：‘柴氏子孙有罪，不得加刑，纵犯谋逆，止于狱中赐尽，不得市曹刑戮，亦不得连坐支属。’一云：‘不得杀士大夫及上书言事人。’一云：‘子孙有渝此誓者，天必殛之。’”这就是宋代统治者著名的“三条后世戒规”。其中“不得杀士大夫及上书言事人”，极大地保护了文人及敢于谏言者，更难能可贵的是，在那迷信观念很重的时代，宋朝帝王竟然有第三条“子孙有渝此誓者，天必殛之”这样极重的毒誓，说明统治者保护文官的政治决心。这些措施有力地加强了君权，又在一定程度上约束了皇权，同时也使士大夫的社会责任感和参政热情空前高涨。加之宋朝统治者特别重用文臣，不但宰相须用读书人，主兵的枢密使等职也多由文人担任。文臣由科举考试而进入仕途，成为宋代官僚阶层的主要成分。这些措施有力地加强了君权，同时也使士大夫的社会责任感和参政热情空前高涨，他们以国家的栋梁自居，意气风发地发表政见。“开口揽时事，议论争煌煌”，是宋代士大夫特有的精神风貌。宋朝充满人性化色彩的政治措施，促进了宋朝文化建设高度而且全面的发展。

赵匡胤杯酒释兵权

宋代理学思潮之大要

宋朝统治者以文立国的国策为宋代的文化建设提供了政治保障，也为南宋理学思潮的盛行打下了坚实的基础。其主要契机：

首先是统治者的倡导与宋代士子的社会责任感所致。从唐末五代之乱以来，社会风气及士人道德、廉耻丧失殆尽，朝秦暮楚的臣子屡见不鲜，如历史上有名的官场不倒翁冯道，先后事后唐四帝、后晋二帝，再事契丹、后汉、后周，而且官职不离将相或三公三师之位，而他竟然厚颜无耻地称自己为“常乐老”。士子道德败坏如此，政治风气亦为之腐化，篡弑的行为，屡屡发生，严重影响了统治者的施政秩序。宋代统一后，为了改变这种社会及政治的颓风败习，君主大力倡导重视气节，推行重文轻武的政策，刺激了宋代士子从学问修养上挽救人心的社会责任感，而理学中的修身思想正合乎时势政治的要求。

其次是私人教学之风盛行。宋代的私人讲学之风，缘于唐末五代以来，社会动乱，累世经学之家因遭受打击而流落民间，一些鸿学大儒又无心政治，为回避战乱，便纷纷逃入山林开馆授学。此类私人讲学所，重视发扬经义的研究和道德教育，而少谈治世之学，固然是时势所限，但此种“修身”之学术，也正合于理学家之要求。

其三是印刷术的发展促进了理学的发展。宋以前的书籍都由手抄，故流传不广不畅，至宋代毕昇发明了活字印刷术，使书籍流行渠道日益畅通，也为理学思想的传播提供了便利。

所谓理学，是以儒家经学为基础，兼收佛、道思想

程朱理学的创始人周敦颐画像

形成的新儒学，是中国封建社会后期最重要的儒家学派。儒家学说自两汉至隋唐，已由孔、孟、荀的儒家之学变为经学。而所谓经学，从西汉、东汉到唐代，也由注重“微言大义”的今文经学，逐渐演变为注重训诂考据的古文经学。又由笺注经传的“注”，再变为“疏”了，致力于文字训诂名物，考据章句分析，已有偏重书本研究之嫌，离孔、孟、荀“尊德性”、“论政治”的文化精神越来越远。到中唐，韩愈的《原道》努力探究儒家的“仁义之道”与“君臣之礼”，李翱的《复性》三篇亦注重修本成圣之法和人的道德修养，为儒家学说的复兴开创了一条新途径。但是，唐代的儒学虽经韩愈等人大力倡导，实际影响却远不及佛学深远。宋初学者戒于五代之混乱，为挽回世道人心，重新提倡儒学，并为能与佛学抗衡，特别着力于儒家思想中伦理道德体系的建立，同时吸收“道教”中关于宇宙的本体概念，试图寻求一套救世济民，建立完美社会和人生道德的思想体系。《宋史·道学传》云：

> “道学”之名，古无是也。三代盛时，天子以是道为政教，大臣百官有司以是道为职业……
>
> 文王、周公既没，孔子有德无位，既不能使是道之用渐被斯世。退而与其徒定礼乐，明宪章，删《诗》，修《春秋》，赞《易象》，讨论《坟》、《典》，期使五三圣人之道昭明于无穷。故曰：“夫子贤于尧、舜远矣。”孔子没，曾子独得其传，传之子思，以及孟子，孟子没而无传。两汉而下，儒者之论大道，察焉而弗精，语焉而弗详，异端邪说起而乘

之，几至大坏。

千有余载，至宋中叶，周敦颐出于舂陵，乃得圣贤不传之学。作太极图说、通书，推明阴阳五行之理，命于天而性于人者，了如指掌。张载作西铭，又极言理一分殊之旨。然后道之大原出于天者，灼然而无疑焉。仁宗明道初年，程颢及弟颐实生，及长，受业周氏。已乃扩大其所闻，表章大学、中庸二篇，与语、孟并行，于是上自帝王传心之奥，下至初学入德之门，融会贯通，无复余蕴。

迄宋南渡，新安朱熹得程氏正传，其学加亲切焉。大抵以格物、致知为先，明善、诚身为要，凡诗、书、六艺之文，与夫孔、孟之遗言，颠错于秦火，支离于汉儒。幽沈于魏、晋、六朝者，至是皆焕然而大明，秩然而各得其所。此宋儒之学，所以度越诸子，而上接孟氏者欤！其于世代之污隆，气化之荣悴，有所关系也甚大。道学盛于宋，宋弗究于用，甚至有厉禁焉。后之时君世主，欲复天德王道之治，必来此取法矣。邵雍高明英悟，程氏实推重之，旧史列之隐逸，未当，今置张载后。张栻之学，亦出程氏，既见朱熹，相与博约，又大进焉。其它程、朱门人，考其源委，各以类从……

以上文字说明宋代理学发展的概况和理学思想的要义。但有几点值得特别一提：

一是周敦颐，世称濂溪先生，著有《太极图说》及《通书》，是为濂派。其学说源自道家太极阴阳五行之说，从宇宙观讲到人生观。在人生观方面，他认为阴阳

宋代理学集大成者朱熹画像

五行配合得最恰当的就是人，所以万物中以人最为灵秀。周敦颐的学说已将宇宙论与修身为人之道糅为一体，理学的大思路由是而确立。

二是张载晚年融合《易》、《礼》和《中庸》的思想，撰《西铭》，把天、地、君、亲合为一体，以及事天、地、君、亲之道，综述了义理和伦常，主张“民胞物与”，“为天地立心，为生民立命，为往圣继绝学，为万世开太平”。张载的学说备受理学家的赞赏。

三是程颢、程颐认为“一物须有一理”，程颐由此衍出“用敬致知”之说，他认为“涵养须用敬，进学在致知”，“诚意在致知，致知在格物”。

四是朱熹集宋代理学之大成，以周敦颐的《太极图说》为本，融合邵雍、张载与二程之说，提出一个“理”和“气”，认为宇宙万物都有一个“理”的存在，这个客观的“理”就是“太极”。“人人有一太极，物物有一太极”，而“太极只是极好至善的道理”，若要表现为具体的形象，则有赖于“气”，曰：“理也者，形而上之道也，生物之本；气也者，形而下之器也，生物之具也。”由此而解释到人身的形成，“理”与“气”合构而成人，而“气”中之“理”，即人之“性”。至于“气”他又认为有清浊之分：禀气清者，为圣人；禀气浊者，为愚人。人之所以明德修身，就是用来涤除此“浊气”。根据上述原则，朱子还提出“穷理以致其知”，“反躬以践其实”的重要主张。可以说，是朱熹将北宋理学融合为一，再上接孔孟组成了一大理学系统。这套理学系统虽历经肯定、否定、否定之否定，最终成为其后几百年封建社会的统治思想。直至清代康熙在为《朱子全书》作序时仍然给予其极高的评价：“朱夫子集大成，而绪千百年绝传之学，开愚蒙而立亿万世之规……虽圣人复起，必不能逾也。”

白鹿洞书院

纵观宋明理学思想，虽存在着浓厚的泛道德主义倾向，而且一开始就存在着理论脱离实际、理想超越现实的弊端，但它以儒家思想为本体，汲取易学、佛学、道学中某些思想养料以丰富儒学理论，是一种以道德为本体的人文主义哲学。它在执著地追求人生精神价值，提高品德修养，以理统情及增强人们的社会责任感、历史使命感等诸多方面不仅影响了当时的思想界，对宋代文学发展以及我们要讨论的寿词创作都产生了不可低估的影响。

宋代理学思潮对寿词创作的影响

首先是理学（又称新儒学）观念对统治者及世人的深刻影响。以理学形态出现的新儒学，有一个重要的内容和表征，就是重新强化儒家伦理道德规范。

《论语·颜渊》记载孔子到了齐国，齐国的君主齐景公接见了他，询问他如何为政，也就是如何管理好国家。孔子以“君君、臣臣、父父、子子”作答，就是说，一个国家从上到下，一个家庭从家长到子女，都应该各自做好自己该做的事情，尽到自己应尽的职责。对此齐景公也深表赞同：“善哉！信如君不君，臣不臣，父不父，子不子，虽有粟，吾得而食诸?”如果孔子强调的是君臣父子各自的社会与家庭角色，朱熹亲自手书的白鹿洞书院教规，则将孔子的理念作了补充与延伸，进一步强调人与人之间彼此关系的协调——“父子有亲，君臣有义，夫妇有别，长幼有序，朋友有信。……”

除此之外，先秦儒家还特别强调以“仁”为本的思想观念和“孝悌仁爱”的道德理想，因为朱熹等人的大力倡导，也深入到社会各阶层，对世人产生了普遍而深刻的影响。以南宋为例，金兵的铁蹄踏碎了北宋统治者的繁华梦，偏安的南宋王朝不仅不思收复中原，反而在屈辱的隆兴和议后凭借江南富庶的物产和长江屏障，沉

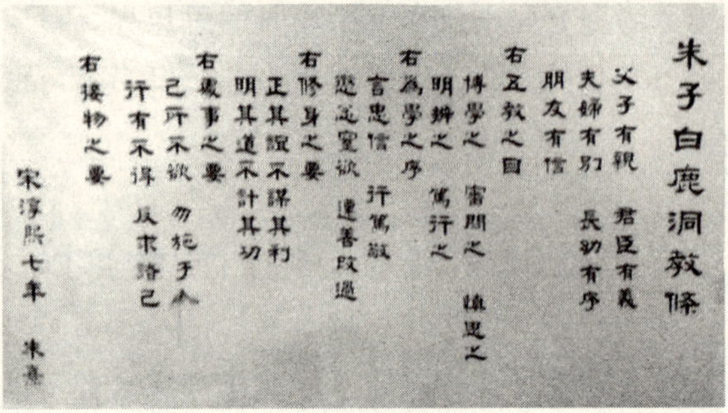

白鹿洞书院教规

醉于文恬武嬉的侈靡中。绍兴十二年（1142）朝廷恢复了废弃的礼乐制度，开乐禁、置教坊。几乎每个皇帝都以自己的诞辰命名一个“圣节”（又称“天节”），宫廷的祝寿活动比前代更为频繁。据《东京梦华录》卷九注载，每到这一天，宫中都要举行盛大的祝寿庆典，朝臣上殿祝寿，进献寿酒，然后皇帝赐宴，乐工歌妓致语奏乐，歌舞相庆。这种圣节祝寿之风至孝宗乾道、淳熙朝达到高潮，直到理宗、度宗朝依然盛行。对此，周密在《武林旧事》中追怀孝宗为高宗庆寿盛典时写道：“寿皇圣孝，冠绝古今，承颜古今，承颜两宫，以天下养，一时盛事，莫大于庆寿之典。”而社会各界对此逸乐活动的反映则是：“四方万姓，不远千里，快睹盛事，都民垂白之老，喜极有至泣下者。”孝宗皇帝奉亲寿老的大型活动竟引“都人倾城，尽出观瞻，赞叹圣孝”，由此可见，宫中庆寿大典的铺张盛饰，虽然一方面具有世俗的享乐性质，但另一方面又与新儒学所强调的人伦孝道精神契合，时人之所以盛赞孝宗之举为“圣孝”，正在于其奉老寿亲的夸张行为得到了社会思潮的普遍认同。

其次是理学思潮对文人思想观念及寿词创作的普遍

影响。在统治阶级和儒家思想的影响下，士大夫也特别注重人生“三不朽”中“立德”的人生价值。“德”的含义自然十分深厚，在封建时代，谨守君臣等级尊严自然是排在首位。朋友、同僚以及家族的和睦与否，关乎着社会的安定，也直接体现着士大夫本人的道德规范。早在先秦时代，以“孝悌仁爱”为基础的和谐氛围就成了儒家极力倡导的社会风气。孔子《论语·学而》就十分强调“弟子入则孝，出则弟，谨而信，泛爱众，而亲仁”。《论语·泰伯》又说“君子笃于亲，则民兴于仁”，明确地将家庭关系的和睦、社会的仁爱与国家的治乱联系在一起。有家族内部的亲亲和谐，才能如孟子所言：“老吾老以及人之老，幼吾幼以及人之幼，天下可运于掌也。”才能使整个社会“君臣义、父子亲、夫妇顺”，达到社会整体的和谐。不仅如此，社会对理想人格的要求还有“君子以仁存心，以礼存心”（《孟子·离娄下》）。君子心中不仅要时刻装着仁和礼，其言行举止还要合乎“礼”的要求。而“礼之用，和为贵。先王之道，斯为美。小大由之，有所不行。知和而和，不以礼节之，亦不可行也”（《论语·学而》）。儒家认为，“礼”的推行和应用要以“和”为贵。但是，凡事都要讲“和”，或者为“和”而和，不受“礼”的节制也是行不通的。《礼记·祭统》说：“凡治人之道，莫急于礼；礼有五经，莫急于祭。”诚如梁启超《志三代宗教礼学》所道：“礼也者，人类一切行为之规范也。有人所以成人之礼，若冠礼是；有人与人相接之礼，若士相见礼是；有人对于宗族家族之礼，若昏礼丧礼是；有宗族与宗族间相接之礼，若乡射饮酒诸礼是；有国与国相接之礼，若朝聘燕享诸礼是；有人与神与天相接之礼，则祭礼是。……盖礼之所以能范围群伦，实植本于宗教思想，故祭礼又为诸礼总持焉。”而先秦富有宗教色彩的祭礼，我们在《诗经》已看到绘声绘色的祈福祈寿的场景和祝语。随着社会的发展与文明的进步，人们越来越深入地认识到“礼者，敬人也。仪者，形势也”。“敬人者，人恒敬之”等等先古遗训在人际交往中的重要作用。而宋代亦官亦文的士人们更是礼节繁多，诸如官员之间的迎新送旧、寿诞、生子、婚礼、冠礼等等都是文人们实践“礼之用，和为贵”的最惬意的事。再加之祝寿庆生既是珍视生命、强化宗族意识的重要礼俗，又是传统的尊亲贵老的伦理精神的具体体现。如果诚如季羡林先生所说“中国文化的精髓就是‘和谐’”（《季羡林说和谐人生》），从远古就开始的祀神祭祖追求的是人神和谐，到后来的寿圣礼仪追求的是君臣和谐，这个时候深入到寻常百姓家的寿祝庆生，就以实用化、生活化的方式形象地诠释着这一文化的精髓。通过祝寿仪礼的社交活动，和谐同僚、朋友、亲人之间的关系也正是文人士大夫“立德”的重要途径。因此，从这个意义上讲，铺张侈靡的寿祝活动虽有享乐的性质，也同时具有弘扬理学孝悌仁爱的深刻用意，而且它所带有的人伦情调和日常性的情感体验更容易被社会各阶层认同并接受。而与之相连的寿词创作，自然就成了许多文人乐于参与的既世俗又高雅的交际活动。再加上与之对应的寿词，也大多洋溢着和乐吉祥的气息，在风格上虽然难免给人以千篇一律之感，甚至可称得上是“无聊”之举。但是事实表明，当日的词人们并不以此为嫌，而是争相染指其间。这是因为，一方面在祝寿庆生的活动中，自寿抑或庆贺他人寿辰，呈献寿词，成了他们诸多社交生活中不可或缺的“礼数”之一，具有重要的社会交际功能；另一方面在劝寿酒、佐清欢时，激发了词人自我生命意识的律动，凸现了个体生命意识和价值。因此，在赋予寿词以流行的、普遍化的情感和艺术效果的同时，也丰富了祝寿的表现形式，推进了祝寿风俗的盛行，反过来，又促进了寿词的大量产生。因此，当时许多优秀词人如张元幹、刘克庄、辛弃疾等都不自觉地汇入这支创作大军并成了其中的佼佼者，南宋理学大师魏了翁不仅以101首寿词位居寿词数量之榜首，更以其理学家的身份引人注目。因为从严格意义上讲，魏了翁不是纯粹的文学家，也不是纯粹的词人，他一生的主要贡献，是努力倡导程朱理学，使南宋理学在遭受“伪学之禁”以后，取得了正统的学术思想地位，而他自己也恰恰是在弘扬程朱理学的活动中，努力践行儒学的道德风范，自觉地参加了大量的社交（也包括寿祝）活动，才创作了大量的寿词。

其三是结社之风及理学家词人群的相互酬唱直接推动了寿词创作的繁盛。

这里包含了两个方面的内容。一个是一般意义的文人唱和，另一个则指理学家词人群的互相酬唱。

在整个封建时代，宋朝以文治国的基本国策，使其自由化程度相对较高，政府压在百姓头上的税赋和徭役负担虽然沉重，但在人身权利上给人们以相对的自由，如允许人口自由流动，允许人们自由集会。除了不能扰乱公共秩序之外，绝大多数集会都是允许的。国家的限制少了，民间的集会自然会活跃起来。不同阶层、不同行业的人员往往团聚在不同的“社会”之下，如演杂剧的绯绿社、蹴球的齐云社、唱赚的遏云社、说书的雄辩社、皮影的绘革社、建筑师的台阁社、园艺师的奇花社等等。随着文化的普及与文人综合素质的提高，文人结社之风在北宋就比唐朝盛行，至南宋，各类词社文会更是长足发展，“集社填词的风气，虽经南宋覆亡而犹未歇”。这种集社填词的现象，从本质上看，是南宋文人自觉而明确的群体意识。社团是词人们的精神避难所，可以满足他们情感宣泄要求，又可以在艺术技巧上相互砥砺切磋。当时词坛上最有影响的文学社团组织当属南宋爱国词派，特别是在辛弃疾周围云集的一群爱国词人。他们相互酬唱，相互规正砥砺，虽没有明确的纲领，组织也较松散，但收复中原的共同志向把他们紧密联系在一起。民族危亡的忧患，英雄失落的苦闷，使他们对友情更加倚重。出于社会交往与联络感情的需要，为朋友、同僚祝寿庆生自然也成为酬唱活动时的内容之一，成为他们诸多社交生活中不可或缺的“礼数”。有学者做过一个有趣的统计，两宋共有词作二万二千余首，其中作于宴上席间的应社词就有一万多首。加之词又是可以应歌的、能够饮酒佐欢的文体，祝寿之词自然是这些应社词中的重要内容，因此，大量的社交性寿词创作也就应运而生，而寿词的主题取向与风格情调之所以十分相近，也与这种集社填词的风气息息相关。不仅南宋理学大师、寿词冠军魏了翁乐此不疲，连篇累牍写了百余首寿词。就是整日以国事为忧，切盼复归的辛派词人也有大量的寿词唱和，辛弃疾现存寿词 40 余首，刘克庄70余首，陈亮10首，张孝祥20余首，很多都是他们之间的相互唱和。就是后来尚清空骚雅的词人姜夔、吴文英等，也在一起诗词唱和、写词祝寿，所以许昂霄说，“南渡以后，最多介寿之词”，正是这种结社行为所催生的结果。

当然，还有一种特殊的词人群，也促进了寿词创作的繁盛，那就是理学家词人群的互相酬唱。在宋代理学思潮大盛的社会背景中，理学家兼词人的不在少数，经学者张春义《南宋理学家词人群词学特征综论》的反复考证，宋代理学家兼词人身份的个体有110人左右。他们不仅是有一定词作数量的创作个体，而且有严格意义的群体合作的含义，有词人间分题、分韵、联吟等酬唱形式的创作活动。如理学大儒朱熹，对词体的创作就有浓厚的结群意识。《游宦纪闻》载：朱文公移简辅汉卿云：“得赵昌父书，以致政大夫见呼，此甚真实，而又雅驯。可为报同社诸人，今后请依此例也。”他不仅与张栻、黄铢、陈亮、徐安国及诸弟子间有酬唱联吟活动，还不乏寿词创作。如朱熹有《满江红·刘知郡生朝》，陈亮有《水调歌头·癸卯九月十五日寿朱元晦》、《蝶恋花·甲辰寿朱元晦》、《洞仙歌·丁未寿朱元晦》等等，可见理学家也不乏以寿词唱和的兴趣。另外还有活跃于孝、光、宁三朝的以韩元吉、赵蕃、韩淲、吴绍古、巩丰、徐斯远等为代表的信州词人群，也是一个典型的理学家词人群。这个群体除韩元吉年辈较长外，多崇信朱（熹）、陆（九渊）之学。此外，还有以刘辰翁、邓剡、文天祥、赵文、赵功可、王炎午、刘将孙等为代表的庐陵词人群，学术上皆出自朱熹再传弟子欧阳守道

（晚号“巽斋”）的“巽斋之门”，是朱熹之学在江西的重要据点。

在四川，以魏了翁、吴猎、李壁、刘光祖、吴潜、陈铧为代表的词人群也很有特色，他们是理学家也是词人，互相酬唱的词作多为日用层面的内容，如劝酒、祝寿、贺庆等等，有的词甚至与贺启没有本质区别。其结群创作的动机，探讨词艺的成分微乎其微，而深化群体友谊，发抒理学义理的动机却十分明显，而连篇累牍的寿词创作很大程度也是这种弘扬理学的产物。魏了翁现存词作中，54%以上都是寿词。对此，前人颇有微词，李调元《雨村词话》卷三云：“宣和而后，士大夫争为献寿之词，连篇累牍，无谓极矣。吾蜀魏了翁华父为宋名臣，乃词非寿不作，虽《花庵》选入数首，吾终不取。”吴衡照《莲子居词话》卷三亦云：“生日献词，盛于宋时。以谀佞之笔，拦入风雅，不幸而传，岂不倒却文章架子。……至如魏华父则非此不作，不可解已。”殊不知理学家倡行的心性修养本身就是一种带有日常性情感体验的主观精神的自我内省与超越，它既通向主体道德人格的建立，也可以在吟咏性情的文学创作中加以体现。当时文人大肆挥写南宋诸帝奉老养亲的“圣孝”之举，并大量创作寿亲词，正是基于新儒学寓性理于情感体验的价值追求。而诸多寿亲词的出现，也说明了理学思想对士人伦理观念的强化和渗透。儒学的新精神既为各阶层的寿礼罩上了金色的光环，为世俗社会找到了一块和谐大家的合法天地，也为文人们提供了一个情感宣泄与情感联络的平台。王晓骊博士在《宋代理学精神与宋词境界的开创》一文中，揭示了宋代理学精神对宋词崇高境界、和乐境界、醇厚境界的开创之功。魏了翁等人的寿词（如果剔除其中的酸腐成分）所体现的也正是其中和乐境界。宋代理学大家张载的《正蒙·神化篇》云："和乐，道之端乎？和则可大，乐则可久，天地之性久大而已矣。"也为这种以"和乐"为重的文化大背景提供了坚实的理论基础。

总体看来，南宋以前寿诗、寿词多限于庙堂，颂扬的对象多为帝王，内容和风格比较单一，与音乐的联系也较为紧密。寿体文学创作的繁盛是在南宋时期，不仅词人普遍涉足寿词创作，使寿词作品众多，内容与风格也比前代丰富。究其原因，除前代寿体文学的历史积淀以外，南宋特殊的社会环境更是促进寿体文学创作的重要原因。祝寿庆生的社会习尚在宋代统治者的推动下达到炽盛，理学思想中儒家伦理观念对普通文人社会行为方式更有深远的影响，再加上理学家词人群的相互酬唱，三大因素的交互作用，共同催生着南宋寿祝文化的繁盛，而以魏了翁为代表的四川文人也正是在这一文化大背景中将他们的寿词创作推向炽盛。

魏了翁等人的理学倡导与成就

理学到南宋中期，由于朱熹的努力而达到鼎盛，虽然遭到心学、事功学的批评，但其博大精深的思想体系并未被削弱。然而，在南宋庆元年间（1195—1200），理学却遭受了一次被禁断的挫折，这就是历史上有名的"庆元学禁"。二十余年内，理学被视为伪学，朱熹及其学派中人纷纷被当做逆党。这次挫折，由于不是理学自身矛盾造成，更非理学生命力枯竭，而完全是政治原因所致。所以，当政治气候扭转，理学重见天日的时候，它在官方扶持下，重新成为学术界的主导思想，再现它强大的理论生命力。庆元学禁后再起的理学，其学术成就没有超过朱熹，但在理论特点上具有自己的风格，特别是人性说和致用性两方面日益突显，使理学更趋完备，也更适应社会需要，对开启后继理学起了积极的推动作用。

庆元学禁发生在宋宁宗庆元二年（1196），弛禁于嘉泰二年（1202）。绍熙末，宋宁宗由赵汝愚和韩侂胄拥立称帝。庆元元年，因韩侂胄与赵汝愚不和，韩侂胄便使谏官奏赵汝愚“以宗室居相位，不利于社稷”，罢其相。而朱熹又与赵汝愚关系密切，于是受到牵连。庆元二年，朱熹因“伪学逆党”罪，被降官两级，大弟子蔡元定被送道州编管，同党罪受连累者达59人。韩侂胄当政后，继续从政治上、学术上排斥理学，凡举荐考核官员，必须注明“系不是伪学”，科举考试，凡言“义理”者，一律不取，儒学六经和《论语》、《孟子》、《大学》、《中庸》，被列入“世之大禁”，一时之间，士者人人自危，不敢以儒自命。嘉定元年，韩侂胄因北伐兵败被狙杀，史弥远执政。次年，谥朱熹为“文公”。宝庆三年（1227），宋理宗下诏赠朱熹“太师”，追封为“信国公”，恢复理学名誉。但政治上的平反，并不能很快改变理学的萧条。朱熹等一代学者已先后下世，学术界后辈无以宗师，社会学风萎靡不振。面对这种状况，理学中有人振作而起，力扬理学精神，使之再兴于天下。福建人真德秀及四川人魏了翁就是其中杰出的代

真德秀画像

表，他们为理学的振兴作出了重要贡献。

真德秀（1178—1235），字景元，后改字景希，福建建宁浦城（今属福建南平）人，学者称西山先生。庆元五年（1199）进士，历知泉州、隆兴、潭州，又任中书舍人、礼部侍郎、户部尚书、翰林学士，官至参知政事。著作有《西山文集》、《读书记》、《四方集论》、《文章正宗》、《大学衍义》等。

魏了翁（1178—1237），字华父，号鹤山，邛州蒲江（今四川蒲江）人，学者称鹤山先生。与真德秀同年举进士，历知汉州、眉州、泸州。曾与真德秀一起在“庆元学禁”后应召至朝，任礼部尚书兼直学士院，兼同修国史和侍读、吏部尚书等职，官至佥书枢密院事、资政殿大学士。著作有《鹤山大全文集》。魏了翁是南宋著名的理学家、经学家、教育家和政治家。先后在四

魏了翁画像

川蒲江和湖南靖州创办了两所鹤山书院。

真、魏二人同年生、同中举，又一同做朝官，思想志向十分投合，甚至希望“生同志，死同传”，当时“西山、鹤山”并称，《宋元学案》卷八一《西山真氏学案》中还将之比喻为“鸟之双翼，车之两轮”。他们的共同志向是“嗣往圣，开来哲，接续道统，阐扬理学，使之成为天下士庶的一致思想”。

面对南宋后期颓败的政治局面，真德秀认为，要使政治清明，须先正君主之心。君主应以身作则，扶持纲常，植立人极。他利用经筵侍读身份，借给理宗讲学的机会，托信天命，力劝皇帝正心修德。譬如他给理宗侍讲《大学衍义》，深得理宗赏识，被称作“备人君之轨范”。后来，在理宗的扶持下，理学恢复正统地位，成为官方思想，其中真德秀的力言之功是不可否认的。

魏了翁则尽毕生之力扭转世风与学风。魏了翁入仕时，正是理学遭受打击，被定为“伪学”，严令禁止的时期。而年轻的魏了翁在临安结识了朱熹的门人辅广、李方子等著名学者后，便开始读朱子的著作。在《答朱择善改之》中他总结这段求学的体会：“某少时喜记问词章，所以无书不记。甲子、乙丑年间，与辅汉卿、李公晦邂逅于都城，即招二公子时时同看朱子诸书。只数月间，便觉记览词章皆不足以为学。”自此以后，魏了翁便开始系统研究朱熹思想，并以推崇理学、树立理学权威为己任。最突出的事迹表现为：首先，大力赞颂朱熹，称之为“集濂、洛之大成”的学者，说“朱子之功不在孟子下”。他不仅将朱熹理学著作刊之于蜀，还在家乡蒲江创建了著名的鹤山书院，开门授徒传授程朱理学，使当时四川的读书人“争负笈从之。由是蜀人尽知义理之学”。其次，他在上疏皇帝书中说：“嘉定以来，虽曰更辙，然后生晚学，小慧纤能，仅于经解语录揣摩剽窃，以应时用，文辞剽浅，名节堕顿。盖自始学，父师所开导，弟子所课习，不过以哗众取宠，惟官资、宫室、妻妾是计。及其从仕，则上所以轩轾，下所以喜悦，亦不出诸此。”他认为，世风日下的原因是缺少道德精神支柱，取士不以品行名节为标准，任由权谋利欲泛滥，才使风气衰坏。因此，他大声呼吁“敷求硕儒，开阐正学”。其三，为改变理学横遭扼杀带来的负面影响，他坚持不懈地要求统治者为理学祖师爷周敦颐、程颢、程颐赐爵进谥。嘉定九年（1216），魏了翁上疏宋宁宗《奏乞为周濂溪赐谥》，强烈要求为周敦颐及二程赐爵定谥。对理学家的褒赠，在当时虽已有先例，如嘉定二年（1209），宋宁宗曾下诏，赐朱熹为“文公”，嘉定八年，又谥张栻为“宣公”，嘉定九年，再谥吕祖谦为“成公”。然而，请为周敦颐和二程赐谥号则有一定难度。按照历史惯例，死后有资格受封谥号者，都是在生前官品极高、受到皇帝敬重的人，周敦颐和二程生前并未显耀于朝廷，社会地位不高。再则，当时史弥远之表彰朱熹等人，实出于政治需要。因此，朝廷对魏了翁请求给周、程赐封谥号和定理学为正宗的建议，一时难于做出决定，因而迟迟未能表示可否，更未得到施行。嘉定十年（1217）春正月，魏了翁再次上疏《奏乞早定周程三先生谥议》，申述前奏，并将其上升为关系到“学术之标准，风俗之枢机”的大事，言辞真切感人：“臣愚欲望圣慈申饬有司，速加考订，俾隆名美谥，早有以风励四方，示学士趋向之的，则其于崇化善俗之道，无以急于此者。”经过魏了翁的一再奏请和强调，加之一些朝臣如真德秀等人的有力支持，到了嘉定十三年（1220），宋宁宗终于下了诏书，谥周敦颐为“元公”、程颢为“纯公”、程颐为“正公”，并向全国褒扬了周、程开创理学的功绩。周、程被正式列入理学宗谱之首，入主理学宗祠。以此为契机，崇尚理学之风很快就在国内各地兴起，各州、郡纷纷为周程等理学家建立祠堂。魏了翁对理学的贡献也得到表彰而名声大增，被各州郡请去为周敦颐及程颢、程颐祠堂写记作序。他在《长宁军六先生祠堂记》中写道：“不有周、程诸子为图，为书，振聋发瞽，如是而为极，为仪，为性命，为仁义礼智，为阴阳鬼神，即躬行日用之常，示穷理致知之要，则人将泯泯愦愦，无所于闻。”这些话，将周敦颐、二程及他们所开创的理学推崇到了无以复加的地位。在魏了翁看来，有了周敦颐和二程的出现，世人才得以从“泯泯愦愦”中清醒过来，否则文明将会趋于泯灭，人们只能懵懵懂懂地处于野蛮状态之中。这种看法虽然过分夸张，但周、程等理学家及其所开创的理学受到朝廷的公开褒扬，这是中国儒学发展史上的一个重大转折。自此以后，以理学形态出现的新儒学，不仅成为南宋后期在意识形态中居于支配地位的官方哲学，并且一直为后世的统治阶级所尊崇，成了长时期居于支配地位的思想理论基础。由此可见，在使理学从“伪学”变为官方正统学说的过程中，魏了翁、真德秀二人是起了重要作用的。正如《宋史·真德秀传》中所说：“党禁既开，而正学遂明于天下后世，多其力也。”魏了翁还批评了当时不求品行，浮于虚无、权利及词章的淫浅风气，希望尊理学，去流弊，矫正学术。在魏了翁、真德秀等人的努力下，理学终于再次兴盛，诸儒祠堂遍布州郡，周敦颐、程颢、程颐、张栻、朱熹之书，家家收藏，人人争诵，理学所倡导的道德修养又成时尚。

魏了翁、真德秀不仅大声呼吁，竭力宣传理学思想，为理学争得了一席地位，还努力发展理学思想。真德秀从体用关系上发展了理学的心性说，魏了翁则将理学中的心性说进一步推广为“心本”思想。朱熹说：“心性之别，如以碗盛水，水须碗乃能盛，然谓碗便是水则不可”（《朱子语类》卷一八），性是心的根本，情是心的表现，心是性和情的载体。很明显，朱熹强调的是性对于心的作用，即性是心的本质。魏了翁却由此出发，强调心对于性的作用。在《拙斋记》中他说："人之一心，广大而精微，宽裕而密察。所以范围天地，出入古今，错综人物，盖有巧历所不能算，良工所不能述。"心能容纳天地，能往来于古今，能识辨各类人物，这种概括包容能力是任何巧匠良工都难以模仿的。心有此功能，因而能与天地万物相通，"天与人一气也，人与万物一体也"（《黔阳县学记》）。"心之外岂别有天乎!"（《师友雅言》）魏了翁提出心能包容宇宙，能出入古今。对此，他还用"心为太极"来概括，说："心者，人之太极，而人心又为天地之太极，以主两仪，以命万物，不越诸此。"（《拙斋记》）他认为心与太极相通，人心就是太极，把"心"抬高到与太极同等的地位，是对周敦颐理学思想的发展。

值得注意的是魏了翁所言之"心"，不是心学近似禅宗的超然之心，而是会通义理、统率气质的天下万世之公心。他认为，唯此公心，才有主天地，命万物的博大；才能对古往圣贤达到理解继承，贯通古今；才能与世人取得联络交流，错综人物。因此，当魏了翁讲"不失本心"、"求其本心"的修养方法时，并不是讲心学的"发明本心"，而是找回理解天下万世的公心。在修养方法上，魏了翁针对当时理学重起后，士子诵说理学语录，高谈性命义理的状况，提出修养目的在于"不失本心"，不忘"仁义礼智"之性的观点。即穷理养心不能只陷入读书、议论。读书不在多，而在深思；言论不在繁，而在精当。他特别强调"反观内省"和"精体实践"两种方法。"反观内省"就是自我认识，反之于心而观其明德，求之于心而立其大本。他说："心焉者，理之会而气之帅，贯通古今，错综人物，莫不由之。学焉则求以不失其本心。进退在我，富贵不能淫也。死生在我，威武不能屈也。"（《程纯公杨忠襄公祠堂记》）自我省察，要发掘自己的道德精神，才能做到为仁取义，不被富贵、威武所动摇，成为不失本心的人。魏了翁的"精体实践"是对朱熹"知行并进"思想的发挥。他主张于"日用间随处体验"，"真知得便能笃行之"。他认为，当时的学人士子理学书籍读得不少，但是不能以自见自得而判断。主张读书要结合实际，养心要亲自笃行，以自己的思考，自身的践履去认识自己，培养道德。他以"不欲于卖花担上看桃李，须树头枝底见活精神"的比喻，形象地说明"道贵自得"的观点（《答周监酒》）。魏了翁的思想充分表现出他对当时社会状况的思考与建议，竭力呼吁人们要正心、明心、养心，不失本心。为唤起人们的道德精神，他办学授徒，广泛交游，以身体力行，锐挺"心说"，为理学的重振作出了贡献。虽然他在理论建树上不如程颢、程颐、朱熹等人博大而缜密，但他从现实需要出发，对理学所做的补充，为南宋后期的理学增添了几分活力，而他的广结天下文士、参加各种社会活动及词体创作也不遗余力地实践着他的理学主张。

魏了翁的交游与寿词创作

纵观宋代寿词，生于四川蒲江的魏了翁是首屈一指的冠军。但他不仅是南宋四川词人的一大名家，同时又

靖州鹤山书院

是南宋后期著名的理学家和进步的思想家，能将理学推上当时中国意识形态中居于支配地位的位置，魏了翁是功不可没的。当然，这绝对不是他一个人的作用，在他的周围有无数志同道合的朋友。朱熹的门人辅广、李燔与之交谊甚厚，与魏了翁同榜的进士真德秀也与他“志同气合”，共同为“嗣往圣，开来哲”，承接儒家“道统”和发扬理学而共同奋斗。正是他与真德秀等人的努力倡导，使理学在遭受“伪学之禁”以后，取得了正统的地位，成为在封建社会后期居于统治地位的学术思想。而他也正是在理学倡导的学术活动中交游甚广，为他的词体创作添加了许多酬唱的成分。

据《宋史》魏了翁本传记载，魏了翁为官直言敢谏，“庆元五年，登进士第，时方讳言道学，了翁策及之”。“韩侂胄用事，谋开边以自固，遍国中忧骇而不敢言”，而魏了翁则大胆进言，以至于“策出，众大惊”。魏了翁不屑与权奸为伍，是史学家称道的品质。《宋史》本传又载：后来韩侂胄因为误国被诛杀，“朝廷收召诸贤，了翁预焉，会史弥远入相专国事，了翁察其所为，力辞召命，丁生父忧，解官心丧，筑室白鹤山下……”可见，直朝立道、不与世沉浮、不趋炎附势，是魏了翁为官的原则，也是其人格魅力所在。但另一方面，作为一代大儒的魏了翁既然努力倡导理学的权威，先秦儒家所积极倡导的“君子和而不流”的人格精神，温柔敦厚的人品修养，也是他身体力行的理学风范。

首先是魏了翁学术师承的多元化，使之思想开阔。魏了翁自幼研读《二程遗书》、《伊川易传》，是程颢、程颐洛学的重要传人，又长期在四川从事学术活动，深受苏洵、苏轼、苏辙三父子蜀学的影响。以二程为代表的洛学以儒家伦理为本位，三苏蜀学则更多地受到佛、道宗教思想的影响，魏了翁则以理学思想为本汲取三苏的某些思想。把蜀、洛两地的学术统一到孔孟儒学为本源的义理之学的轨道上来，成了会同蜀、洛的代表人物之一。

其次是广泛的不囿于门户之限的学术活动，使之交游甚广。与魏了翁同时代的理学人物，大都为朱熹、陆九渊两家的后学弟子，他们基本上是各自墨守师说，相互排斥诋毁。就连与魏了翁齐名的理学大师真德秀，也是严守朱熹门户。魏了翁对此则表现出平和、友善的气度。他不但与朱熹后学辅广、李方子、度正、曹彦约等人交往密切，与陆九渊后学陆持之、叶元老、袁甫等人也有密切的联系与学术交往。交游广自然唱酬无数，用心地交际、用心地应酬，自然就有文人雅士的唱和应酬之作，为朋友祝寿庆生创作寿诗寿词自然也是其中的重要活动。因此，尽管两宋为皇帝和达官贵人祝寿庆生活动频繁，寿圣寿官词流行，在魏了翁101首寿词中基本没有寿圣词，也很少对高官贵胄刻意的谀美和有投谒目的寿官词，而大都是与志同道合的朋友唱和而作、为自己的亲人祝寿庆生而作、为朋友及其亲眷的寿诞助兴添雅而作。如《临江仙·张邛州师夔生日》、《水调歌头·杨崇庆熹生日》、《木兰花慢·孙靖州应龙生日八月八日》、《水调歌头·赵运判师岎生日》、《鹧鸪天·靖州江通判埙生日》、《木兰花慢·生日谢寄居见任官载酒三十七岁》、《水调歌头·吴制置猎生日》、《虞美人·邓倅子美生日》、《念奴娇·刘左史光祖夫人生日》等等，都真实地记录着他喜为同僚、朋友甚至朋友亲眷作寿词的爱好，这些词虽非都是精品，但它为当时的寿祝活动增添了“和乐”的气氛，也艺术地再现了词人“君子和而不流”，广泛交游的精神风范。

其三是魏了翁在地方授徒讲学著述，也广交天下文人学子。早在魏了翁26岁担任学官时，就“获四方之士而取师友”。在后来的人生道路上，除了身在官场，魏了翁多数时间都在地方授徒讲学著述。最突出的例子是他亲自创办的两所书院。1210年，魏了翁的生父卒于蒲江。宋代以理学治国，官员守孝一般最少三年。本在嘉定府做官的魏了翁，辞职回蒲江老家为父亲守孝。魏了翁利用这三年的时间，筑室白鹤山下，开门授徒。据记载，当他收徒讲学的消息一传出，蒲江及附近区县“士争从之”。建院当年，邛州准备参加举人考试的生员有十多名慕名前来书院学习，魏了翁悉心辅导，当年秋试即中七人，其中蒲江人王万里考得全省举人第一名，顿时白鹤书院名声大噪。清光绪年间所著《魏了翁传》

中载："士争负笈从之，由是蜀人尽知义理之学。"自此，白鹤书院在魏了翁的掌教下，严谨治学，质量之高，影响之大，前所未有，从书院走出的人才更是不胜枚举。《宋史》载：进士游似，曾任吏部尚书、丞相等职；进士吴泳，曾任刑部尚书；进士牟子才，曾任礼部尚书。后来，白鹤书院改名为鹤山书院，藏书十万卷。"其规模的宏富，实为宋代各书院之首，亦使当年国家藏书瞠目其后。"（胡昭曦《四川书院史》）

魏了翁在长期的学术和教学活动中，确立了以他为代表的鹤山学派。鹤山学派由魏了翁的家学和弟子组成，其中不乏当时的著名人物。其一传数传弟子中著名者有魏文翁、郭黄中、吴泳、游似、牟子才、王万、史守道、蒋公顺、税与权、滕处厚、蒋重珍、许月卿、史绳祖、叶元老、严植、张端义、赵范、赵葵、牟应龙等。

1226年，魏了翁因"以起居舍人论事，忤史弥远"，被贬湖南靖州（今湖南怀化）时，又创办了当地最早的书院——鹤山书院。在靖州鹤山书院期间，魏了翁把主要精力放在学术研究和教育上。他的《九经要义》、《周易集义》、《古今考》等重要著作都是在此期间完成的。在靖州期间魏了翁写给各地学者的书信计六十九篇，被收入《鹤山集》。可以说，在靖州鹤山书院时的著述，占了他一生著述的大部分。当然，魏了翁在靖州期间最有成就的还是他的教学，除教授当地的学士外，湖、湘、江、浙之士也不远千里，负笈从学。其中包括陆九渊之子陆持之的门人叶元老，绥宁的戴立本，全州的滕处厚、蒋公顺以及四川学者虞兢等人。通过向他们讲学，魏了翁传播了自己的教育思想和学术思想。以至于后来宋理宗为表彰魏了翁的教学活动，特御书“鹤山书院”四个大字为赠。这表明魏了翁的教育活动在当时产生了重要影响，引起了最高统治者的重视。

除在四川、湖南的两所鹤山书院开门授徒以外，魏了翁在四川做官期间，所到之处也积极从事讲学活动，广结天下文士，交游甚众。他与巴蜀及川籍学者如李心传、度正、范荪、宇文绍节、张忠恕、虞刚简、刘光祖、李从周等人相互论学与交往。

鹤山书院

图片说明：传说四川蒲江中学后山顶屏墙上曾有“鹤山书院”四个大字，是宋朝魏了翁建“鹤山书院”时由他亲手所写的，每字三尺余见方。写的时候因为找不到那样大的笔，魏了翁下田扯了一把秧苗，将根洗净，用秧苗做笔写成。一说“鹤山书院”四个字由清代邑令纪曾荫手书，每字三尺余见方。可惜此屏墙毁于“文化大革命”期间，现在的火砖屏墙为蒲江县宣传部于1994年重建。

除以上交游活动外，还有一个更重要的团队，直接促使其经常性的寿祝文学创作，那就是以魏了翁为代表的、以川籍作家为主的理学家词人群的互相酬唱。他们努力倡导南宋新儒学蕴含的仁爱孝悌、道德义理、人伦情调，加之魏了翁本人“内修”、“立本”、“厚伦”、“以化善俗为治”的政治主张（参见《宋史》本传），使他们在社交活动尤其是祝寿庆生的活动中相互酬唱之时，抒发对传统的“孝悌仁爱”及人伦亲情的体悟成了共同的爱好。如潼川中江（今四川中江）的吴泳，今存词共34首，寿词有12首。井研（今四川井研）的牟巘，今存词9首，寿词就有7首。汉州德阳（今四川德阳）的李流谦，今存词25首，其中也不乏贺寿之作。当然，寿词创作最多、最具规模的还是当时蜀中理学大师魏了翁本人。广泛的学术交流与社会交际活动为他提供了无数以词酬唱的机会，寿词创作自然也是其中的核心内容。

南宋寿词略而分为他寿与自寿两大类，他寿词又可分为寿圣寿官词和寿亲寿友词，寿圣寿官词寿主多为帝王后妃、上司僚佐。内容多因祝颂的功利目的而带有浓厚的谀美色彩和模式化特征。寿亲寿友词寿主多为亲朋好友，尽管也因祝寿的功利目的而难免有对寿主价值提升之嫌，但相对于前者，它们也在很大程度表现了人伦真情和生命意义的美好，因而具有一定的艺术性和社会认识价值。魏了翁寿词也可以分为他寿与自寿两大类，但与其他人不同的是，魏了翁因积极主张培养道德要从“日用间随处体验”入手，养心要亲自笃行，要自身的践履。所以他不仅亲自参加了许多寿祝活动，其“他寿”词也带有浓郁的孝悌情怀。尽管南宋为皇帝和达官贵人祝寿庆生活动频繁，寿圣寿官词流行，在魏了翁的寿词中却基本没有寿圣词，而大都为寿亲寿友词。这些词真实地记录着这位一生为理学复兴而孜孜以求的思想家，在日常生活中，是如何以孝悌行为实践着他的儒学理论和完善他的人格风范的。譬如，在他的寿亲词中单是与“叔母”寿诞有关的就有十余首之多，所谓“叔母”即魏了翁生母谯氏。魏了翁其父魏士行和高孝琦本是亲兄弟，同属魏家。因祖母高氏之兄高黄中无子，便将孝琦过继高家。高孝琦之妻谯氏生六子，魏了翁排行第五，后又因魏士行无子，再将了翁过继给魏士行，又改姓魏，故称生母为“叔母”。尽管称之为“叔母”，但母子亲情却比其他人更为深厚。魏了翁词集中如《水调歌头·叔母生日同家人劝酒》、《小重山·叔母生日同官载酒用去年词韵》、《谒金门·次韵虞万州刚简以谒金门曲为叔母寿》、《玉楼春·同官载酒为叔母寿次韵为谢时自潼过遂》、《洞仙歌·和虞万州刚简所惠叔母生日词韵》、《玉楼春·同官载酒为叔母寿次韵为谢时自潼过遂》、《洞仙歌·次韵许侍郎奕为叔母生日》等等，都以点点滴滴的生活细节真实地记录着这位一代大儒“百善孝为先”的人生理念。其中最感人的是《小重山·叔母生日，每岁兄弟多以校试，莫遂彩衣团栾之乐，今岁复尔，良以缺然，小词寄五兄代劝》：

养得儿男百不中。年年随举子，踏春风。寿觞庭院燕泥融。将雏处，长是半西东。　移孝便为忠。儿行虽在远，母心同。若将一念答天公。归来拜，也胜橘双红。

这是嘉定十年（1217）三月，魏了翁生母（词题中的叔母）谯氏生日，词人因校试缺席，专门写词为母亲祝寿，并寄词给五兄，请他代自己向母亲敬酒，由此可见魏了翁对“孝”周到的礼数。还有如《南柯子·即席次韵张太傅为叔母生日赋》：

暮雨收尘马，熏风起箨龙。夜凉人锁武成宫。却忆亲旁、寿饼荐油葱。　　谁锡诗人类，应晞颖谷封。儿行虽远母心通。触拨今宵、梦逐彩云东。

作者由自己过去为母亲献油葱寿饼，联想到“纯孝”颍考叔为其母留肉羹，孝道与仁爱溢于言表，正可谓“文皆是从道中流出”、“有那情性，方有那词气声音”。

二十四孝之乳姑不怠

更难能可贵的是魏了翁不仅为母亲作了大量的寿词，在当时那个女性社会地位普遍低下的大背景中，还有两首寿妻词和十首为朋友女眷所作的寿词。如《鹧鸪天·又次韵为妇安人生日》、《念奴娇·刘左史光祖夫人生日》、《临江仙·张静甫之母夫人生日》、《临江仙·杨子有德辅母夫人生日》等等，在这些为朋友亲眷所作的寿词中，也始终贯穿着孝悌仁爱的理学精神。如《醉落魄·任隆庆之母正月十一日生隆庆十三日生日》：

> 无边春色。试从汉谕堂边觅。儿前上寿孙扶掖。九十娘娘，身是五朝客。　　眼前富贵浑闲历。个中真乐天然的。儿孙强劝持余沥。娘道休休，明日儿生日。

词人以旁观者的身份，在对朋友母亲寿诞场景的描绘中，充分表现了儿子对母亲真挚的孝顺之情，以及娘对儿无限的怜爱。这些生动鲜活母慈子孝的生活画面，就是儒家积极倡导的“孝悌仁爱”的生活场景。个中场景既可见南宋理学对封建伦理道德的强化，又可见世俗社会淳朴自然的人伦亲情。这些词虽大都不离富贵长生、吉利祥瑞的世俗情调，但寿主多为女性，且有的词章从宗法血缘的关系出发，以温馨的笔调真切地描绘着“祝寿”这一古老而淳朴的习俗，使之在浓厚的理学纲常色彩与道学精神中充满了浓得化不开的人伦温情。如《谒金门·次韵虞万州刚简以谒金门曲为叔母寿》：

> 那复有。气味酴于春酒。犹向故乡怀印绶。相过何日又。　　吐出心肠锦绣。问我阿娘依旧。娘亦祝君如柏寿。相看霜雪后。

词题中的虞刚简，约公元1163年至1227年年在世，字仲易，一字子韶，仁寿（今属四川眉山）人。是南宋抗金名将虞允文之孙，史载："虞允文孙八人，皆好修，唯刚简最知名……"虞刚简曾监郫县犀浦镇酒税，历知华阳县，通判绵州。宁宗嘉定八年（1215）由知万州任罢。虞刚简对程朱理学也颇有研究，曾与魏了翁讲学蜀东门外，蜀人师尊之，称为"沧江先生"。他虽比魏了翁年长十五岁，但与之交谊甚厚，两人常以诗词唱和。很显然，这首词也是虞刚简为词人叔母（即魏了翁生母）作了寿词（虞刚简原词今已不存）后，魏了翁的酬答。词中两个老人之间的互相问候与祝福，声口毕肖，传神备至。"祝寿"这一古老的文明习俗，经词人妙笔一点染，顿觉这真是让人十分惬意的"人间乐事"。人际关系的和谐，其乐融融的人文环境是这类寿词的价值所在。所谓写悲容易写乐难，就这首词而言，魏了翁写得自然而高妙。所谓寿词的"尽言富贵则尘俗；尽言功名则谀佞；尽言神仙则迂阔虚诞"，词人都一一作了回避。

值得一提的是，魏了翁寿词有些篇什在为朋友生辰祝颂时还表现了词人以黎民百姓为念，以振兴天下为己任的济世精神：

……

不妨且为斯人驻。正年来、忧端未歇，壮怀谁吐。顷刻阴晴千万态，怎解绸缪未雨。算此事、谁宽西顾。待洗岷峨凄怆气，为八荒、更著深长虑。间两社，辅明主。

——《贺新郎·赵茶马师岏生日》

其主旨虽不像辛弃疾的寿友词《水龙吟·为韩南涧

尚书寿甲辰岁》那样明确倾注强烈的抗金救国的爱国主义精神，但其精神境界与单纯的应酬型的寿词有根本的区别。又如《贺新郎·荣州表兄生日》：

> 幸有天遮蔽。为西南、空虚一面，挺生男子。塞下将军支颐卧，夜半揽衣推起。扫十万、胡人如洗。见说巴山矟马退，也都因、粮运如流水。剑以北，一人耳。　　十年梦断斜阳外。恰归来、昌蒲蘸酒，祝兄千岁。入从出藩谁不是。谁是难兄难弟。正乐意、融融未已。莫趣东方千骑去，愿时平、华皓长相对。闲富贵，只如此。

词中虽也有对寿主高度的颂扬，但满含着词人对镇守巴山的表兄热切的国事期待与个人功成名就的真诚祝福。“塞下将军支颐卧，夜半揽衣推起。扫十万、胡人如洗。”读之令“挺生男子”精神振奋。“矟马退”中的“矟”同“槊”。《释名·释兵》：“矛长丈八尺曰矟，马上所持，言其矟，矟便杀也。”这里的“矟马退”应指战事的消停，表现词人高度的爱国热情和对亲人崇高的生命祝福。全词意象丰富，意蕴深刻。在对表兄真诚祝福的同时，表现了自己对人生、对时局的所思所感和所望。

魏了翁寿词中具有思想价值的是他的自寿词，数量虽不多，但因其摆脱了他寿的功利目的，而使词人有了审视并探索生命的价值与意义的闲暇，因而具有了词人的真情实感和个体对生命的真切体验。如其《南乡子·和黄侍郎畴若见贻生日韵》：

万里载浮名。忆昔从容下帝京。冉冉七年如昨梦，分明。赢得存存夜气清。　　谁使滥专城。有罪当诛尚薄刑。细数当时同省士，皆卿。落落韵阳独九龄。

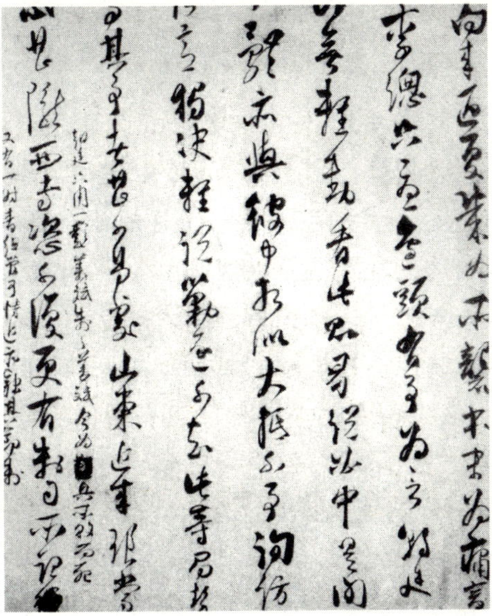

魏了翁文向帖卷

词题中的黄畴若是宋代丰城（今江西丰城）人。一岁而孤，寄居外祖父家，淳熙五年（1178）登进士。为官正直敢言，一生政绩、学术皆有成就。曾任成都知府，治蜀四年，整理积欠，罢黜冗员，平定诸蛮，政绩显赫。与魏了翁交谊颇厚，常有诗词酬唱往还。在这首自寿词中，魏了翁忆及自己的生命历程，将自己的落寞与前程无望的悲观情绪向朋友一泻无余。还有如《木兰花慢·生日谢寄居见任官载酒三十七岁》、《贺新郎·生日谢寓公载酒》、《满江红·和李参政壁惠生日》等等，都抒发了自己对生命流逝而壮志难酬的无奈情绪。

魏了翁还有些自寿词，意象颇为壮阔，显示了作为思想家、教育家和政治家的词人曾经的理想、抱负与心博大灵境界的一面。如《洞庭春色·生日谢同官六月八日》：

四十之年，头颅如此，岂不自知。正东家尼父，叹无闻日，鄹人孟子，不动心时。顾我未能真自信，算三十九年浑是非。随禄仕，便加齐卿相，于我何为。　　人间郁蒸难耐，谁借我五万蒲葵。上玉台百尺，天连野树，高楼千里，江射晴晖。此意分明谁与会，但时把瑶笙和月吹。吾归矣，有鸿相与和，鹤自由飞。

《临江仙·次韵李参政壁见贻生日》：

闲放楼前千里目，天边云大如囷。秋风入帽露华新。无端忧国梦，应到守臣。　　旧弼如今都有几，长教燕坐申申。折杨笑面背阳春。忧醒头欲雪，浊梦肺生尘。

《满江红·和虞土胥惠生日》：

月上南箕，还认得、去年星历。知谁把、一天星象，荡摩朝昔。若使平生浑自弃，如今老大何嗟及。更年来、偏得钝工夫，蹉跎力。　　溪瘴碍，蛮烟隔。穹壤断，江山窄。纵燕巾滥宝，楚山囚玉。小小穷通都未问，忍闻同气相煎急。诵虞郎、百字短长诗，忧何极。

还有《醉蓬莱·新亭落成约刘左史光祖和见惠生日韵》，词人非常看重自己的价值："又一番雨过，倚阁炎威，探支秋色。前度刘郎，为故园一出。黄发丝丝，赤心片片，俨中朝人物。诗里香山，酒中六一，花前康节。"上片将自己与唐代刘禹锡、白居易和宋朝名相欧阳修相提并论，显示了不凡的自我评价。下片继续振起"尊酒相逢，看露花风叶。跃跃精神，生生意思，入眼浑如涤"。结语高唱"更祝天公，收回积潦，放开晴日"，希望时局云开日出，自己也能像前贤那样有非凡的人生作为。基调悲愤激越，已没有他寿词的喜庆欢愉。但更能深刻地揭示词人深婉细腻的心迹，其变创性和独具的生命光辉已将寿词的思想与艺术境界推向了一个较高的层次，而具有它独特的价值。此外，还有《水调歌头·次韵高才卿恭叔见贻生日因以为寿》、《小重山·次韵刘左史光祖和三月十八日词见贻生日》等等，也表现了词人自寿时积极的生命意识。

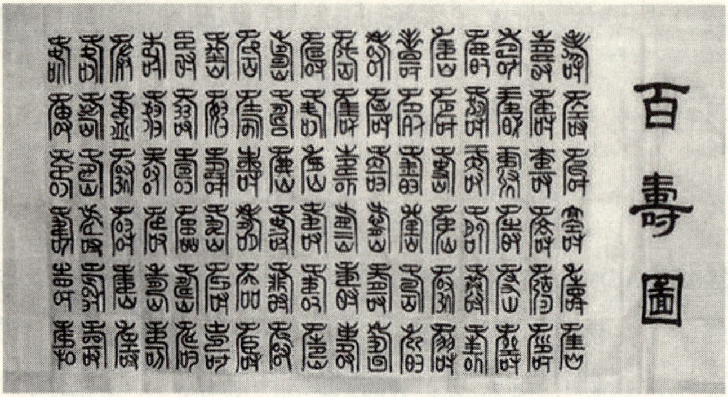

百寿图

三、宋代四川寿祝文学的文化意蕴

尽管魏了翁及其宋代四川寿祝文学不断被人质疑，但作家们当时却乐此不疲，对此我们自然不能以“存在的就是合理的”加以简单的肯定。但还原到传统儒家文化及宋代理学大盛的文化背景中，我们不得不正视它们所蕴含的儒学文化底蕴和时尚的交际作用。为论述方便起见，我们将四川作家的寿祝文学创作分为以下几类。

孝悌仁爱的寿亲词

中国是一个讲究群体认同的民族，早在先秦时代，以“孝悌仁爱”为基础的和谐氛围就成了儒家极力倡导的社会风气。孔子《论语·学而》有言：“其为人也孝悌，而好犯上者，鲜矣；不好犯上，而好作乱者，未之有也。君子务本，本立而道生。孝悌也者，其为仁之本与。”“弟子入则孝，出则悌，谨而信，泛爱众，而亲仁。”“君子笃于亲，则民兴于仁。”明确地将家庭关系的和睦、社会的仁爱与国家的治乱联系在一起。家庭是人生的根据地，以“和”治家才能兴旺。先有家族内部的亲亲和谐，才能如孟子所言“老吾老以及人之老，幼吾幼以及人之幼，天下可运于掌也”；才能使整个社会“君臣义、父子亲、夫妇顺”，达到社会整体的和谐；才能以和治国。因此，社会对理想人格的要求还有“君子以仁存心，以礼存心”，君子心中不仅要时刻装着仁和礼，言行举止还要合乎“礼”的要求。而“礼之用，和为贵。先王之道，斯为美。小大由之，有所不行。知和而和，不以礼节之，亦不可行也”，孔门认为，“礼”的推行和应用要以和谐为贵。但是，凡事都要讲和谐，或者为和谐而和谐，不受“礼”的节制也是行不通的。

如前所述，祝寿的风俗也很早就被纳入“礼”的规范，伴随着这种礼仪，寿祝文学创作也随之而萌生。《诗经》就频频出现祈求人神和谐、保祚安定的场面。后来统治者为求君臣和谐，更是大兴祝寿庆典，汉魏六朝有上寿乐歌。唐代也有向圣上献寿诗乐歌的习俗，张说、李白、杨巨源、张仲素等等，都曾为帝王祝寿颂德作过寿诗。唐代的寿祝文学除臣民为君主祈福祈寿外，还将祝寿风俗从宫廷扩展至民间，杜甫的《宗武生日》、李郢的《为妻作生日寄意》都是为亲人而作的寿亲诗。唐代祝寿的词体也开始出现，敦煌曲子词《感皇恩》中就有“叫呼万岁愿千秋”、“从此后，愿皇帝寿如山”的内容。两宋祝寿的风俗十分流行，用于祝寿祈福的寿词创作也成了一种新的词学现象。尤其是南北宋之交，寿祝之风兴盛至极，南渡词人无不写寿词。

与以前的各个时代相比，以魏了翁为代表的宋代四川寿祝文学有一个明显的特征，那就是表现普通人之间“孝悌仁爱”的内容成了词人们创作的主体。所谓“孝”，指对父母顺从、敬重并尽心奉养。“孝道”是中华民族的两大基本传统道德行为准则之一（另一个是“忠”）。在几千年的华夏文明中，人们把“忠孝”视为天性，甚至作为区别人与禽兽的标志。对此，孔子《论语·为政》有十分精到的解释，他认为对父母要做到“生，事之以礼；死，葬之以礼，祭之以礼”，“今之孝者，是谓能养。至于犬马，皆能有养，不敬，何以别乎”，一针见血地说明对父母的“孝”，不仅在能“养”更在于能“礼”与“敬”。《十三经》中的《孝经》把“孝”当作天经地义的最高准则。北宋的张载作《西铭》，在《孝经》的基础上，融忠孝为一体，从哲学本体论的高度，用伦理学、政治学、心性论、本体论组成一个完整的孝的体系，对形成民族价值观的共识，对宋代理学家的思想方法、行为方式都起到了积极作用。“孝”指善事父母，“悌”则指善事兄长，强调兄弟姊妹互相友爱、尊重。“孝”与“悌”多是针对家庭成员的，有家庭及宗族内部的和谐，才有社会的稳定与和谐。社会成员之间的“孝悌仁爱”是先秦儒家积极倡导的主流思潮，也是宋代新儒学努力承续并发扬光大的精髓。孔子强调的“礼”与“敬”，含意虽广，生辰寿礼肯定是表达敬意必不可少的重要内容。

宋代四川的寿亲词就集中诠释“孝”与“悌”的深刻含义。

对以“孝”为核心的寿词作得最多的仍然是南宋四川理学家词人魏了翁，他单是为自己的叔母（即魏了翁生母，如前述）就作了十三首寿词。笔者曾查阅现存的历代诗人的诗作、历代词人词作，没有哪一个诗人、词人像他那样为自己的母亲作过那么多寿词，在这些为自己母亲所作的寿词中，有单为母亲祝福的，如《木兰花令·叔母庆七十》：

儿前捧劝孙扶掖。共庆贺、娘娘七帙。此杯不比寻常，百年间、才是省陌。　眼前彩绣成行立。已应是、天公偏惜。何须剩觅长年，且只消、一百二十。

也有母亲生日，自己不能到场，请兄弟代为行孝敬酒的，如《小重山·叔母生日，每岁兄弟多以校试，莫遂彩衣团栾之乐，今岁复尔，良以缺然，小词寄五兄代劝》。还有借母亲生日向她倾诉生命悲情与隐衷的，如《水调歌头·叔母生日》云：“人道三十九，岁暮日斜时。儿今如许，才觉三十九年非。”《玉楼春·同官载酒为叔母寿次韵为谢时自潼过遂》云：“人生岂必高官贵。愿长对、诗书习气。”但更多的还是记录母亲生日，与亲朋好友聚在一起，共同完成以“孝道”为主旨的礼仪活动的。如《水调歌头·叔母生日同家人劝酒》、《小重山·叔母生日同官载酒用去年词韵》、《谒金门·次韵虞万州刚简以谒金门曲为叔母寿》、《玉楼春·同官载酒为叔母寿次韵为谢时自潼过遂》、《洞仙歌·和虞万州刚简所惠叔母生日词韵》等等，都分别以一个个鲜活的细节记载了词人与家族成员之间的亲亲和睦、孝悌仁爱的人际氛围。

不仅为自己的母亲做寿词为母亲寿礼助兴添雅，他为自己的其他长辈及朋友的长辈祝寿的词作至少也有十首以上，如《醉落魄·任隆庆之母正月十一日生隆庆十三日生日》、《临江仙·张静甫之母夫人生日》等等，都充分展现了魏了翁参加这种寿诞活动的频繁与热情。如《临江仙·杨子有德辅母夫人生日》：

> 尚忆去年称寿日，彩衣犹带天香。今年还见雁成行。两头娘子拜，笑领伯仁觞。　知是几年培植底，如今满院芬芳。只凭方寸答苍苍。春风来不断，点缀艳阳妆。

说到兄弟之间的“悌”，生于四川的北宋大文豪苏轼与弟弟苏辙的手足情深是最可大书一笔的。据笔者粗略统计，在《苏东坡全集》中，苏轼共有153首诗是写给苏辙的，而且这些诗，绝大多数是苏轼与苏辙的唱和诗。苏轼几乎每到一个任所就给苏辙写诗，每逢节日、时令、节气都会作诗表达对子由的怀念之情。甚至听说子由变瘦、生病、子由孙子出生等等都写诗相赠。苏轼对苏辙的关心可以说是巨细无遗，极为周到。尤其是子由的生日，苏轼就写过好几首诗赋为之贺寿。如《子由生日》：

> 上天不难知，好恶与我一。
> 方其未定间，人力破阴骘。
> 小忍待其定，报应真可必。
> 季氏生而仁，观过见其实。

端如柳下惠，焉往不三黜。
天有时而定，寿考未易毕。
儿孙七男子，次第皆逢吉。
遥知设罗门，独掩悬磬室。
回思十年事，无愧箧中笔。
但愿白发兄，年年作生日。

诗歌一开始就道出兄弟二人志趣相谐：“好恶与我一”。两人自少年起即立下奋厉当世之志，因而一同应举入仕，然而宦海沉浮难期，兄弟俩都为仕途奔波，天各一方，彼此牵挂，于是相约早退，为闲居之乐。故而“夜雨对眠”成了兄弟二人一生向往的团圆境界。但遗憾的是，仕宦生活的离多聚少，使兄弟二人“夜雨对眠”的闲居之乐只能成为他们一生的梦想。所以在这首为苏辙生日而作的诗中，苏轼不得不发出另一种祈愿——“但愿白发兄，年年作生日”。平常的话语中，蕴含着多么深情的手足眷顾。

还有苏轼为苏辙所作的《沉香山子赋·子由生日作》：

古者以芸为香，以兰为芬。以郁鬯为祼，以脂萧为焚。以椒为涂，以蕙为熏。杜衡带屈，菖蒲荐文。麝多忌而本膻，苏合若芗而实荤。嗟吾知之几何，为六入之所分。方根尘之起灭，常颠倒其天君。每求似于髣髴，或鼻劳而妄闻。独沉水为近正，可以配薝蔔而并云。矧儋崖之异产，实超然而不群。既金坚而玉润，亦鹤骨而龙筋。惟膏液之内足，故把握而兼斤。顾占城之枯朽，宜爨釜而燎蚊。宛彼小山，巉然可欣。如太华之倚天，象小孤之插云。往寿子之生朝，以写我之老勤。子方面壁以终日，岂亦归田而自耘。幸置此于几席，养幽芳于帨帉。无一往之发烈，有无穷之氤氲。盖非独以饮东坡之寿，亦所以食黎人之芹也。

四川眉山三苏祠苏轼雕像

这篇赋是元符二年（1099）苏辙六十岁生日时，被贬儋州的苏轼为之所作，当时已六十四岁的苏轼，身处蛮荒之地，不能以贵重的礼物给弟弟祝寿，只有以当地儋崖之沉香送给弟弟做寿品。苏轼在赋中为盛赞儋州所产的这种奇异的香草，先列举各种被人们普遍使用的香草与之对比，突出儋崖所产的香“独沉水为近正”，“实超然而不群。既金坚而玉润，亦鹤骨而龙筋”，实际是赋予了人的情感在其中。接着苏轼又说它可以送给苏辙，弟弟面壁正好可放之于几席之上，香之芬芳和人之品德正好对应，将之作为寿品是再好不过了。整篇赋蕴含了一种心理暗示：兄长被贬于蛮荒之地，当地未必有什么好东西可送弟弟六十大寿，哥哥极力夸赞当地山崖所产的香，实际是对中原官僚贵族的不满，前半部分的铺陈香草就是那些人的象征，而蛮荒之香实际上是对自身价值的肯定。在香草对比中反映的是一种自我肯定的心态，是向弟弟倾诉，是在异地他乡寻找自我象征和精神替代品的心态。如此的寿祝，如此的寿礼，如此的手足悌爱，是建立在一种心心相印的基础上的相互牵挂、相互疼爱，与一般寿礼的善祝善颂自然大异其趣。

试读苏辙为兄长寿礼所作的应答——《和子瞻沉香山子赋·并引》：

仲春中休，子由于是始生。东坡老人居于海南，以沉水香山遗之，示之以赋，曰：“以为子寿。”乃和而复之，其词曰：

我生斯晨，阅岁六十。天凿六窦，俾以出入。有神居之，漠然静一。六为之媒，聘以六物。纷然驰走，不守其宅。光宠所眩，忧患所迮。少壮一往，齿摇发脱。失足陨坠，南海之北。苦极而悟，弹指太息。万法尽空，何有得失。色声横骛，香味并集。我初不受，将尔谁贼。收视内观，燕坐终日。维海彼岸，香木爰植。山高谷深，百围千尺。风雨摧毙，涂潦啮蚀。肤革烂坏，存者骨骼。巉然

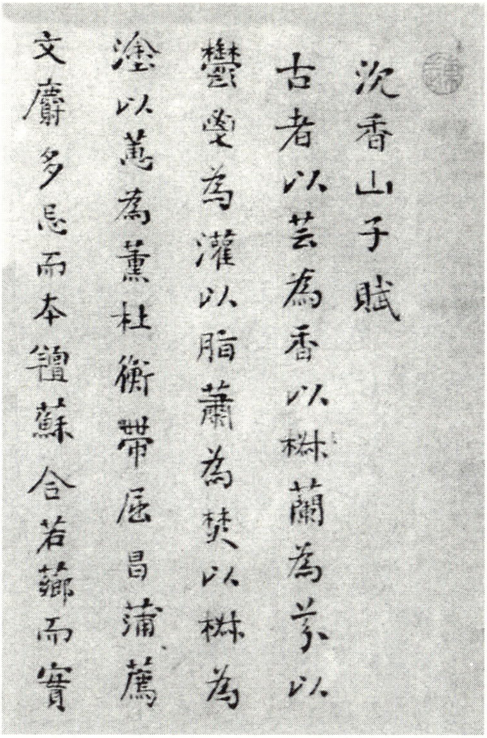

刘墉书法《沉香山子赋》

孤峰，秀出岩穴。如石斯重，如蜡斯泽。焚之一铢，香盖通国。王公所售，不顾金帛。我方躬耕，日耦沮溺。鼻不求养，兰茝弃掷。越人髽祼，章甫奚适。东坡调我，宁不我悉。久而自笑，吾得道迹。声闻在定，雷鼓皆隔。岂不自保，而佛是斥。妄真虽二，本实同出。得真而喜，操妄而栗。叩门尔耳，未人其室。妄中有真，非二非一。无明所尘，则真如窟。古之至人，衣草饭麦。人天来供，金玉山积。我初无心，不求不索。虚心而已，何废实腹。弱志而已，何废强骨。毋令东坡，闻我而咄。奉持香山，稽首仙释。永与东坡，俱证道术。

充分表现了弟弟苏辙对哥哥原赋精神实质的心领神会，这样的寿祝即是骨肉亲情的彼此依恋，又是在同一文化层次上兄弟加挚友的心照与默契。

除此以外，苏轼为弟弟写的寿诗还有《以黄子木拄杖为子由生日之寿》，甚至在子由生日时送檀香观音像及新合印香银篆盘为寿，也写有诗。其中云：

……

东坡持是寿卯君，君少与我师皇坟。
旁资老聃释迦文，共厄中年点蝇蚊。
晚遇斯须何足云，君方论道承华勋。
我亦旗鼓严中军，国恩未报敢不勤。
但愿不为世所醺，尔来白发不可耘。
问君何时返乡枌，收拾散亡理放纷。
此心实与香俱煮，闻思大士应已闻。

——《子由生日，以檀香观音像及新合印香银篆盘为寿》

对哥哥的深情厚谊，苏辙都有诗酬唱，如《次韵子瞻寄黄子木杖》、《次韵子瞻寄贺生日》等等。其中既有对兄长的感恩情怀，更有与哥哥命运多舛的共鸣：

弟兄本三人，怀抱丧其一。颀然仲与叔，耆老天所骘。师心每独往，可否辄自必。折足非所恨，所恨覆鼎实。上赖吾君仁，议止海滨黜。凄酸念母氏，此恨何时毕。平生贤孟博，苟生不谓吉。归心天若许，定卜老泉室。凄凉百年后，事付何人笔。于今兄独知，言之泣生日。

——《次韵子瞻寄贺生日》

这些诗，与“富贵长生、吉祥如意”的世俗喜好完全不同，字字句句都连接着苏轼兄弟在艰难的人生路上异常珍贵的手足之情。

四川眉山三苏祠

生性豪放浪漫的苏轼不仅为弟弟写诗赋祝寿，还有为妻子生日而作的词，只是他写得十分别致，未被人视为寿诗。如元祐五年庚午（1090），王闰之过生日之际，苏轼放生鱼为她资福，并作《蝶恋花》纪事：

泛泛东风初破五，江柳微黄，万万千千缕。佳气郁葱来绣户，当年江上生奇女。　一盏寿觞谁与举，三个明珠，膝上王文度。放尽穷鳞看圉圉，天公为下曼陀雨。

——《蝶恋花·同安生日放鱼，取金光明经救鱼事》

王闰之是苏轼发妻王弗的堂妹，苏轼的第二任妻子，为人贤惠善良，待王弗所生的儿子如同己出。王闰之陪伴苏轼走过了他人生遭遇最为坎坷的二十五年。虽然苏轼为她写的词并不多，但二十五年的相濡以沫、患难与共的深情厚谊，却在这首寿词中表现得含蓄而充分：词中“三个明珠，膝上王文度”，赞美王闰之对三个儿子都一视同仁，疼爱不分彼此。不仅如此，苏轼还在词中将生于眉州青神的王闰之置入故乡的场景之中，“放尽穷鳞看圉圉，天公为下曼陀雨”，以家乡的山清水秀，表达了他对王闰之的爱怜之情。亲亲和谐的夫妻之情，跃然于字里行间。

《弟子规》——出则悌

爱众亲仁的寿友词

宋代四川文人寿友词中“爱众亲仁”的人伦情调也是可圈可点的。孔子、孟子等儒家先哲不仅从理论的高度积极倡导君子“入则孝，出则悌”的仁爱精神，还以十分通俗的语言告诉人们他们是如何将兄弟间的“悌”扩大到朋友，注重朋友之道的。孔子说：“四海之内皆兄弟”、“有朋自远方来，不亦说乎?”孟子更是不厌其烦地描述他乐于交友的渴望：“一乡之善士，斯友一乡之善士；一国之善士，斯友一国之善士；天下之善士，斯友天下之善士。”（《孟子·万章下》）传统儒家的仁爱精神影响着历朝历代的士子学人。在四川，乐于交友并以各种形式书写友情的文人也比比皆是。

性格豁达的苏东坡是广交朋友的典范，与朋友唱和，几乎成了他诗词创作的主要缘由。即使是被贬黄州期间，原来许多朋友，虽然明知苏轼是被冤枉的，也很少再与他往来，正如他自己所言“平生亲友，无一字见及”。但这时的苏轼，却仍然记挂着那些真正的朋友，也还有给他们祝寿的诗歌。如《乐全先生生日，以铁拄杖为寿》二首：

其　一

先生真是地行仙，住世因循五百年。
每向铜人话畴昔，故教铁杖斗清坚。
入怀冰雪生秋思，倚壁蛟龙护昼眠。
遥想人天会方丈，众中惊倒野狐禅。

其 二

三年相伴影随身，踏遍江湖草木春。
擿石旧痕犹作眼，闭门高节欲生鳞。
畏途自卫真无敌，捷径争先却累人。
远寄知公不嫌重，笔端犹自斡千钧。

诗中寿主即张方平（1007—1091），字安道，号乐全居士，应天宋城（今河南商丘）人。曾官至神宗朝宰相，性格豪迈刚正，有气量，立朝无所阿附。早年镇守西蜀时，认识眉山苏洵及苏轼、苏辙，对三苏都极为器重并大力宣传与推荐。后来苏轼因作诗被诬陷下狱，张方平也受到牵连，但他能不顾个人安危，依然奏章论救。张方平是苏家叔伯辈好友，苏轼终身敬重他的人品与文才，将之誉为“有似于孔北海、诸葛孔明也”。在这首为张方平所作的寿诗中，真切地表现了身处逆境的苏轼对张方平人品的高度颂扬以及对寿主当时处境的担忧。

南宋理学大师魏了翁很早就有“获四方之士而取师友”的自觉意识，也是乐于交友的典范。大力倡导理学广结天下文士，先后在四川蒲江和湖南创办的两所“鹤山书院”，更是生徒盛众，至交无数。为朋友祝寿庆生的活动自然不会少，加之南宋文人以词祝寿的风气十分兴盛，寿亲寿友的诗词创作实际上发挥着协调人际关系的社会功用。因而，在魏了翁《鹤山集》中有大量的寿友词，表现着他与朋友间的仁爱情怀。如《水调歌头·刘左史光祖生日庆八十》下阕：

学宗师，人气脉，国精神。不应闲处袖手，试与入经纶。磊落蟠溪感遇，迢递彭笺岁月，远到漆园椿。用舍关时运，一片老臣心。

词中寿主刘光祖（1142—1222），也是宋代名臣，字德修，号后溪，一号山堂，简州阳安（今四川简阳）人。乾道五年（1169）登进士第；绍熙中，官至侍御史；宁宗立，改司农少卿，迁起居郎。韩侂胄严道学之禁时，刘光祖因为撰《涪州学记》，被劾夺职，谪居房州。韩侂胄诛，除右文殿修撰、知襄阳，历荆襄制置使，知潼川府，移绵州。嘉定十五年卒，年八十一，谥文节。与魏了翁相近的是，刘光祖为官亦正派，并努力推崇儒家道统，据《宋史·刘光祖传》记载“……赵汝愚既罢相，侂胄擅朝，遂目士大夫为伪学逆党，禁锢之。光祖撰《涪州学记》谓：‘学之大者，明圣人之道以修其身，而世方以道为伪；小者治文章以达其志，而时方以文为病。好恶出于一时，是非定于万世。’”因此，前人对刘光祖人品评价极高，“赵汝愚称光祖论谏激烈似苏轼，恳恻似范祖禹，世以为名言”。《宋史》本传还说：“刘光祖盛名与《涪州学记》并传穹壤，世之人何惮而不为君子也!”刘光祖晚年退居蜀中，魏了翁对这位前辈学者十分尊重并为之作了不少的寿词。宋人沈义父《乐府指迷》说：“寿曲最难作，切宜戒‘寿酒’、‘寿香’、‘老人星’、‘千春’、‘百岁’之类，须打破旧曲规模，只形容当人事业才能，隐然有祝颂之意方好。”此词虽未能完全免去祝寿称颂之俗，但他在词中对这位老者颂扬的同时，还希望他像姜尚那样出任贤臣，像彭祖那样高寿，像大椿那样常青，为国家苍生永葆赤诚，词人强烈的济世精神与朋友之情融为一体，其祝寿的蕴含也高出了流俗。

又如《水调歌头·李参政壁生日》：

> 宇宙一大物，掌握付诸人。人心不满方寸，坱北浩无垠。或者寒蝉自比，不尔秃犀贻笑，龊龊竟何成？胡不引贤者，相与共弥纶。　未如何，尝试使，问苍旻。四时迭起代谢，有屈岂无伸。昨夜伶伦声里，一气排阴直上，阳德与时新。道长自今日，持此庆生申。

这是为西蜀丹棱（今四川丹棱）人李壁所作。李壁(1157—1222)，《宋史》写作李璧，字季章，号石林，又号雁湖居士，谥文懿。南宋历史学家李焘之子。宋史《李璧传》称：“璧父与弟埴（李焘、李埴），蜀人比之三苏。”李壁一生长期肩负中枢和地方军政重任，仕至礼部尚书、参知政事、同知枢密院事、端明殿学士，赐资政殿学士。曾在开禧初年奉旨出使金国，大义凛然，慷慨陈词，不辱民族气节，令金人叹服。次年，弹劾奸臣秦桧，讨伐金国奏章被皇上获准。为韩侂胄起草出师诏书，进权礼部尚书，拜参知政事。韩侂胄兵败被诛以后，谪居抚州。李壁曾在嘉定间知遂宁府（今四川遂宁），魏了翁在蜀中讲学时与之交往甚密。此词对李壁削秩罢祠之事深表不平，但作者以天道周而复始、四时代谢的变易观念看待政治命运并安慰友人，认为贤者亦有屈伸起伏。所谓“伶伦”是传说中黄帝的乐官，曾制乐律，李壁生日在十一月二十四日，阳气回升，词人用伶伦乐律含蓄地暗示阴气排除，春回大地，预示政局将发生变化，李壁有重新执政的希望，词中既有对友人的深情厚谊，又有对正直之士政治命运的关注和对政局变化的期待，其境界自然比一般寿词祝寿庆生的逸乐情趣高出了许多。

还有如《水调歌头·吴制置猎生日》：

> 世界要扶助，人物载耆英。茫茫四海，谁识今代有厖臣。万顷青湖佳气，一片紫岩心事，天付与斯人。耸耸铁冠吏，表表白云卿。　海沮漳，城汉郢，宅峨岷。规摹妙处，胸次纳纳几沧瀛。未说令公二纪，看武公百岁，年与学俱新。星弁百僚准。天宇四时春。

词中寿主吴猎（1142－1213），字德夫，号畏斋。二十三岁入岳麓书院，师事张栻，继受教于朱熹，学术上重视经世致用。提倡务实，身体力行。敢于直言陈谏，为湖湘学派巨子，政治上倡导“民为邦本，本固邦宁”，并力主抗金，反对议和。当抗金战事吃紧，四川宣抚使兼陕西河东路招抚使吴曦派员赴金乞降，献关外四州，求封蜀王时，吴猎即部署兵力，预防叛臣吴曦夹击，并请命入川平叛。后吴曦被部将所诛，吴猎任刑部侍郎，继充四川宣抚使。旋授敷文阁直学士，四川安抚制置使兼知成都府。在四川数年，举贤任能，惩恶除奸，体察民情，减轻民赋；修学宫，培养人才，为张栻学派传入四川起了重大作用。魏了翁在为吴猎所作的寿词中，对这位清正廉洁的官员给予了充分肯定：“谁识今代有厖臣”，“厖臣”是“厖臣硕辅”的省称，指贤良而很有才干的辅弼之臣，高度颂扬吴猎的政治才能。“万顷青湖佳气，一片紫岩心事”，“紫岩”，紫色山崖，多指隐者所居，这里喻指吴猎超然物外的品德。全词从政绩、人品对寿主极尽颂扬，似乎有些夸张甚至溢美，但结合吴猎为官清正，死后家无余资，蜀人思其政，画像祀之的历史事实，魏了翁的夸赞也是合乎情理的。

除与至交以寿词互通情谊外，为朋友及其亲眷的庆生活动助兴添雅也是魏了翁所擅。如《水调歌头·杨崇庆熹生日》下片云：

> 虎分符，龙握节，鹿御幡。于君本亦余事，所乐不存焉。一点春风和气，无限蓝田种子，渺渺玉生烟。富贵谁不有，借问此何缘。

词人对寿主杨崇庆的文治武功给予热情的颂扬，充满了友情的温馨。在这样的颂祝声中，现场气氛的欢欣鼓舞是可想而知的。如《临江仙·张邛州师夔生日》“浩荡春风生玉树，蒸成满院芬芳”的描述，这些看似俗气的喜庆描写，却是当时寿筵场面的真实场景。还有如《木兰花慢·孙靖州应龙生日八月八日》、《水调歌头·赵运判师岉生日》、《鹧鸪天·靖州江通判埙生日》、《虞美人·邓倅子美生日》等等，都真实地记录着他喜为同僚、朋友甚至朋友亲眷作寿词的爱好。这些词虽也有世俗常见的“富贵长生”、“福寿功名”等美好祝愿，但它们发挥着为朋友寿祝活动增添“和乐”气氛的娱乐功能，也是传统文化中“和”的重要内容。

刘光祖也有为人作寿词的爱好，如现存于世的《沁园春·寿晁帅七十》：

画戟如霜，绮疏如水，篆香渐微。向莺花多处，青山衮衮，鹭凫散后，落屑霏霏。曾是鸾台金马客，一场梦觉来人事非。多少话，付无心云叶，自在闲飞。　　想看燕鸿易感，几度春往秋又归。见黄馀露点，东坡菊赋，清传雪片，处士梅诗。向此年年开寿斝，算今古人生七十稀。歌啸外，作皇朝遗老，名字辉辉。

词题中的“晁帅”指南宋时著名目录学家晁公武。晁公武，字子止，澶州清丰（今山东巨野）人，晁冲之之子，约宋高宗绍兴年间在世。宋高宗绍兴二年（1134）举进士第，初为四川总领财赋司，办事有才干。绍兴时，为荣州守。乾道中，以敷文阁直学士为临安府少尹，有良吏之才，官累礼部侍郎。乾道四年（1168）三月，晁公武为四川安抚制置使兼知成都，所以刘光祖在寿词称之为“晁帅”。词中对晁公武高度赞颂：“曾是鸾台金马客，一场梦觉来人事非”，“鸾台”，原是唐朝门下省的别名，后借指朝廷高级政务机构。但是曾经身居高位的官员也不得不“作皇朝遗老”。国破家亡的悲哀，使词人和寿主都心照不宣，因此“多少话，付无心云叶，自在闲飞”。虽然含而不露，但词人与寿主之间心心相印的情愫却跃然纸上。

四川潼川（今四川中江）人吴泳，为文为诗主张

“抱道含章”，“文章合为时而著，歌诗合为事而作。善观诗者，但观其旨趣之深厚，词脉之和畅，有辅于风俗教化，而关于君臣上下朋友长幼之伦，亦可以为诗也……”（《鹤林集》卷三八）也作了不少的寿诗、寿词。以词为例，今存词34首，寿词12首，除自寿词4首外，其余8首都是为亲友而作。如《八声甘州·寿魏鹤山》：

又一番、泸水出牂牁。江声汹鸣鼍。正南人争望，转移虎节，弹压鲸波。未见元戎羽葆，民气已冲和。不待禁中选，李牧廉颇。　却顾边陲以北，似乘航共济，亡楫中河。纵缆头繻尾，其奈不牢何。□明公、一襟忠愤，想誓江、无日不酣歌。当津者，岂应袖手，长宴江沱。

吴泳是嘉定二年（1209）进士。迁著作郎，兼直舍人院。应诏上书，颇切时要。累迁吏部侍郎兼直学士院，上疏言谨政体、正道揆、厉臣节、综军务四事。后进宝章阁学士差知温州，赴任途中听说温州发生饥荒，便奏请采取蠲租等措施，救饥者四万八千余人，说明吴泳能为民所急、为民所想。吴泳曾就学于四川蒲江鹤山书院，亲受魏了翁教诲，受理学思想的影响也很大。在这首写给他的老师魏鹤山（魏了翁号鹤山）的寿词中，没有寿词惯常的功业称颂与生命祝福，有的是一腔复国的热情和对尊师的再展雄风的热望。结句“当津者，岂应袖手，长宴江沱”更将自己对尊师的希望推向极致。这类寿词与辛弃疾等爱国词人的词作已有异曲同工之妙。吴泳寿词与此风调类似的还有《鹊桥仙·寿崔菊坡》：

二童一马，素琴独鹤，长与仙翁为伴。自从分付益州来，便蔚有、隆中人望。　边烽白羽，军符赤籍，弄得不成模样。愿公福德厚如山，为扶起、坤陲一半。

崔与之（菊坡）画像

这是写给南宋著名的政治家、军事家崔与之的寿词。崔与之（1158－1239），字正子，晚年号菊坡，广东增城人。他生活在偏安半壁河山的南宋时期，却选择了一条为国为民的人生道路。崔与之出生于清贫之家，后得友人的资助才得以进入最高学府太学就读，并于南宋绍熙四年（1193）考中进士。其后历任地方的司法官员、知县、户部员外郎。由于他在任内政声甚佳，于嘉定七年（1214）被朝廷破格提升为直宝谟阁，代理扬州军政，以全权筹划抗击金国军队南侵的地方防务。他依据当地人爱马、善骑射的特长，以军事训练的方式组建“万马社”，广招民众加入，从而形成颇具声势的“民间骑兵”，并与各乡抗金的民兵加强联系以与军队联手抗金。在他的主持下，军民一心共同对敌，致使金兵不敢入侵扬州。嘉定十三年（1220）金兵入侵四川，崔与之被调任成都府本路安抚使组织抗金，后又升任为四川制置使。他广用蜀中的贤能，采纳良策，并重用归降的金国将领鼓励其反戈一击。他在四川五年间，成功地保卫了一方的平安，不仅赢得军民的赞誉，而且也颇受金国将士的敬畏。他曾因病离任，而继任者一改其施行的方略乱以他法，导致金兵乘虚侵入川境，崔与之扶病复职视事，金兵闻讯慑于其声望而自行撤军。崔与之词章造诣颇高，被认为是“开岭南宋词之始”，所治儒学的“菊坡学派”亦被认定是岭南历史上的第一个学术流派。

吴泳在词中称颂崔与之能文能武，有三国时诸葛亮的风采，盛赞但不溢美。下片“愿公福德厚如山，为扶起、坤陲一半”为寿主祈福祈寿，也将国家的命运与栋梁之才的福寿相连，既完成了寿祝的主旨，又表现了词人高远的精神境界。其词格自然高出了流俗。

事实上，为上述国家良臣作祝寿词，即使是有一些赞颂，甚至溢美，也并非不可，只要是词作者因感动于寿主事迹风范的真情流露，有些溢美，也仍然有一定的思想价值和艺术价值。另一方面，祝寿词难免因为实时应景而为，意境上自然缺乏锤炼，但有寿主本人的功德支撑，其实也难以厚非。所谓溢美之词，其实也是作者对寿主丰功伟绩的一种精神表彰。

当然，吴泳也不能抗拒时风的影响，他的一些寿词，也难脱世俗的客套与溢美。如《水龙吟·寿李长孺》：

广东增城崔与之铜像

清江社雨初晴，秋香吹彻高堂晓。天然带得，酒星风骨，诗囊才调。汅水春深，屏山月淡，吟鞭俱到。算一生绕遍，瑶阶玉树，如君样、人间少。

未放鹤归华表。伴仙翁、依然天杪。知他费几，雁边红粒，马边青草。待得清夷，彩衣花绶，哄堂一笑。且和平心事，等闲博个，千秋不老。

吴泳有的寿词则以细腻的笔触，描绘寿祝活动中的人伦之乐和喜庆的氛围，富有浓郁的生活气息。如《贺新凉·宣城寿季永弟》：

碧嶂青江路。近重阳、不寒不暖，不风不雨。杜宇花残银杏过，犹有秋英未吐。但日对、南山延伫。碧落仙人骑赤鲤。渺风烟、不上瞿塘去。来伴我，宛陵住。　　西风画角高堂暮。炙银灯、疏帘影里，笑呼儿女。爷作嘉兴新太守，团拜鹗书天府。况哥共、白头相聚。天分从来钟至乐，更谁思、野鸭鸳鸯语。提大斗，酌寒露。

吴泳还有如《青玉案·寿季永弟》云：“诸生立尽门前雪。半偈重翻为渠说。且莫从头烹瓠叶。已呼童稚，多藏酒秫，共醉陶彭泽。”《清平乐·寿吴毅夫》云：“荔子才丹栀子白。抬贴诞弥嘉月。峨冠蝉尾翛翛。整衣鹤骨影影。闻道彩云深处，新添弄玉吹箫。”《渔家傲·寿季武博》云：“翠隐红藏春尚薄。百花头上梅先觉。清晓寒城闻画角。云一握。鸦翻诏墨天边落。……休话著。绿尊且举鸬鹚杓。”等等，都在祝寿的同时融进朋友间无拘无束相处的细节，也很有恬静淡定的生活情调。

还有祖籍为四川井研的牟巘（1227—1311），字献之，十二岁时随父牟子才徙居湖州。理宗时登进士第，为浙东路提点刑狱、官至大理寺少卿，因忤逆贾似道被罢官。宋亡不仕，闭户隐居三十六年，与其子牟应龙等人自为师友，每日以经学道义互相切磋。牟氏本蜀之井研人，先祖世居陵山之阳，有《牟氏陵阳集》二十四卷，其以“陵阳”名集，示不忘本也。《彊村丛书》有《陵阳词》一卷，今存词 9 首，其中寿词就有 7 首，由此可见牟巘也参加了不少的寿祝活动。其中《千秋岁·

寿黄倅》云：

> 平分敏手。更觉山城小。聊岸帻，时舒啸。当年溢浦月，偏照香山老。头未白，而今半百才逾九。　共说东园好。问春余多少。红药晚，金沙早。花须风日耐，人看功名久。催洗盏，对花一笑为君寿。

词中没有富贵功名，也没有神仙长寿之类的祝福，有的是清新自然的美景和朋友相处的和谐氛围。《鹧鸪天·寿何簿乃尊》以和平恬淡的笔墨描绘朋友清高的品格为之贺寿，也别有情调：

> 鸠杖庞眉鹤发仙。诗中有史笔如椽。爱莲自是平生趣，吟到梅花晚更坚。　珍九鼎，食万钱。谁如有子彩衣鲜。蜀陈旧事君须记，贵盛还当具庆年。

有趣的是牟巘以八十五岁高龄去世，当他八十大寿时，元代名臣程钜夫作《牟陵阳八十诗》道："陵阳先生八十时，白鬓红颊身深衣。青门瓜熟有伏腊，磻溪钓直无是非。门前载酒欲问字，亭角倚杖方寻诗。少微政尔光不夜，高士若非先生谁？"（《学楼集》卷二八）生动地描摹了诗人牟巘的气质与形象，好似寿主耄耋之年留下的一段视频。其风格也近似当年牟巘为他人所作的寿词。

此外，汉州德阳（今四川德阳）人李流谦（1123—

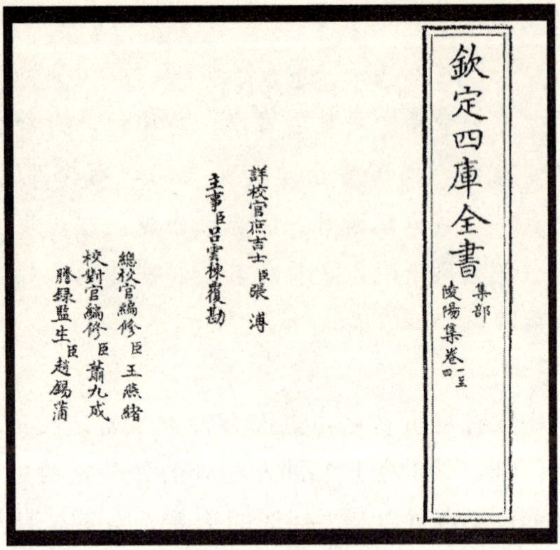
欽定四庫全書
集部
陵陽集 卷一至四
詳校官庶吉士臣張溥
主事臣呂雲棟覆勘
總校官編修臣王燕緒
校對官編修臣蕭九成
謄録監生臣趙錫蒲

四库全书·陵阳集

1176)，字无变，号澹斋。词中多见抒怀、贺寿之作，也颇有思致。如《点绛唇·德茂生朝作》：

一翦秋光，阿谁洗得无纤滓。冰盘彻底。人也清如此。万里归来，著个斑衣戏。慈颜喜。问君不醉。更遣何人醉。

《感皇恩·无害弟生朝作》上片云：

万绿压庭柯，雨晴烟润。三尺金猊麝微喷。百花香暖，酿作九霞仙酝。祝君如此酒，年年饮。

《武陵春·德茂乃翁生朝作》：

晓日帘栊初破睡，宝鸭宿薰浓。笑指图中鹤发翁。仙骨宛然同。

万里郎官遥上寿，五马茜衫红。待插华貂酒满钟。仍是黑头公。

综观宋代四川寿友词，并非首首都是精品，它们大多少不了亲亲和谐的客套与溢美之词，但它为寿祝活动增添的喜庆欢乐气氛是可想而知的，铺张侈靡的寿祝活动虽有享乐的性质，也同时具有弘扬理学孝悌仁爱的深刻用意。而且它所带有的人伦情调和日常性的情感体验很容易被社会各阶层认同并接受。它们是南宋文人弘扬传统儒家“孝悌仁爱”精神的一个重要侧面，也从某种意义体现了人们和谐为本的生存智慧。

咏叹生命的自寿词

人是需要自我调节的，与人的生命寿夭意识是与生俱来的一样，人的悲剧意识也是与生俱来的。诸如渴望生命的不衰与个体生命的短暂、渴望建功立业的主观意识与现实世界的种种制约、渴望爱情的永恒与男女情感的善变等等，这些人类面临的种种矛盾，每一个人都必须面对，都有一时不能平复甚至终生不能协调的可能。因此，我们的先哲很早就意识到“人与自己的矛盾”是所有矛盾中首当其冲的问题。在西方，刻在德尔斐的阿波罗神庙的第一句箴言就是“认识你自己”，意思是人要有自知，明白人只是人而并非神。尼采在《道德的系谱》中说“离每个人最远的，就是他自己”。在中国，

德尔斐的阿波罗神庙

儒家的“修身齐家治国平天下”，将自我的修养排在了第一，不能解决自己身心内外的矛盾，何以齐家治国平天下？可见，人的自我反思、自我磨砺、自我修炼是何等重要。《论语》中有曾子所言“吾日三省吾身”，我们虽不能每日三省吾身，但生日之际，却不得不与自己的生命对话，审视自我的生命价值。而且无论在哪个时代，人们都会面临各种各样的生存危机，有自然的、也有人为的，和谐往往是拯救危机的最佳良方，也是人的生存智慧之一种。这种和谐，除了人与自然的和谐、人与人之间的和谐外，人与自己心灵的和谐也是至关重要的。而这种和谐除了现实生活中的自我调适、自我平衡外，借艺术、借诗词歌赋倾诉自己内心深处的矛盾，也是一个自我心理调适的方式。因此，宋代词人常借自寿词审视自我生命价值，为“自我身心内外”的矛盾提供一个展示与求得新的和谐的机会。

北宋眉州（今四川眉山）的苏辙，仁宗嘉祐二年（1057）与哥哥苏轼一起考中进士，入仕以后，因反对王安石变法和受苏轼的牵连，一生大起大落，充满艰辛与坎坷。晚年以读书著述、默坐参禅为事。复杂的人生感慨就留在了他的自寿词——《渔家傲·和门人祝寿》中：

> 七十余年真一梦。朝来寿斝儿孙奉。忧患已空无复痛。心不动。此间自有千钧重。　早岁文章供世用。中年禅味疑天纵。石塔成时无一缝。谁与共。人间天上随他送。

人过七旬，回顾似水流年，难免百感交集——“七十余年真一梦”，语极沉痛——“忧患已空无复痛”，梦醒之后，失落如佛家所云“空即是色，色即是空”，老年的苏辙已将一切看作过眼云烟，当年欲酬壮志的雄心

苏辙画像

也一去不复返了。“心不动，此间自有千钧重”，参禅悟道未必就能回避生命的无奈与辛酸。因而下片以“早岁文章供世用”开头，很有深意。苏辙早年作过许多关于革弊兴利的文章，以求改革弊政，然而终究是不合时宜，理想未能实现。“石塔成时无一缝”，即禅家所谓无缝塔。意思是僧死入葬，地上立一圆石作塔，没有棱、缝、层级，故称无缝塔。以形如卵，又称卵塔。故事来源于《五灯会元》卷二《六祖大鉴禅师旁出法嗣·南阳慧忠国师》：“师以化缘将毕，涅槃时至，乃辞代宗。代宗曰：‘师灭度后，弟子将何所记?’师曰：‘告檀越，造取一所无缝塔。’曰：‘就师请取塔样。’师良久曰：‘会么?’曰：‘不会。’师曰：‘贫道去后，有侍者应真，却知此事。’”另外，苏辙词中的“无缝塔”还涉及了哥哥苏轼做过的一个有趣的梦。苏轼梦见与苏辙同赴京考试，途遇二僧，其一僧手托卵塔，其塔中舍利开花，兄弟与僧同食之。对这件事《东坡志林·记子由梦塔》原文为：“明日兄之生日，昨夜梦与弟同自眉入京，行利州峡，路见二僧，其一僧须发皆深青，与同行。问其向去灾福，答云：‘向去甚好，无灾。’问其京师所需，‘要好朱砂五六钱。’又手擎一小卵塔，云：‘中有舍利。’兄接得，卵塔自开，其中舍利灿然如花，兄与弟请吞之。僧遂分为三分，僧先吞，兄弟继吞之，各一两，细大等，皆明莹而白，亦有飞迸空中者。僧言：‘本欲起塔，却吃了！’弟云：‘吾三人肩上各置一小塔便了。’兄言：‘吾等三人，便是三所无缝塔。’僧笑，遂觉。觉后胸中噎噎然，微似含物。梦中甚明，故闲报为笑耳。书遗子由。”苏辙在这里重提哥哥“无缝之塔”之梦，似乎已没有苏轼的幽默，反有预言自己将不久于人世之意。晚年的苏辙耽于参禅，好似也有以禅悟总结一生之意。“谁与共？人间天上随他送”，是超然物外？还是无可奈何？都满含着暮年苏辙内心的压抑和无限低回的生命之慨。这样的“自寿词”正好成了苏辙宣泄平时不便言说的内心隐秘的最佳渠道。

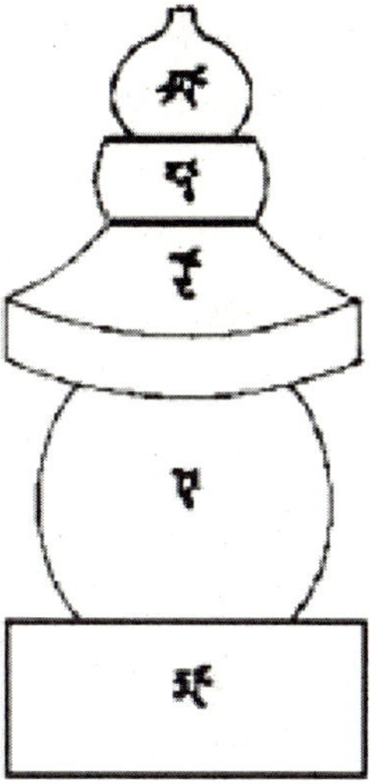

无缝塔

南宋社会动乱，人命危浅，个人的抱负难以实现，文人以自寿的形式书写生命之慨更是普遍的现象。据唐圭璋《全宋词》和孔凡礼《全宋词补辑》统计，南宋自寿词较多的如宣州宁国（今属安徽）人吴潜（1195—1262），有自寿词 3 首，祁门（今属安徽）人方岳（1199—1262），有自寿词 9 首。四川潼川人吴泳，有自寿词 4 首。而四川蒲江的魏了翁，有自寿词 15 首，就数量而言是两宋词人中最多的。就内容而言，自然也是最丰富的，而这与他的人生经历也是息息相关的。

魏了翁也是一位典型的封建文人，走的也是一条科考入仕之路。其生平事迹主要见于宋王迈《臞轩集》卷一一《祭魏鹤山先生文》、宋方岳《秋崖小稿》卷四四《祭魏参政文》及《宋史》卷四三七《魏了翁传》等史料。青少年时期的魏了翁就知道刻苦学习，为他后来的人生路打下了坚实的思想与文学基础。十五岁即著《韩愈论》，并有独到见解。二十二岁登进士第，授剑南西川节度判官厅公事。开禧初，以武学博士对策谏开边事，御史徐相弹劾其狂妄，遂辞去官职。回到故乡筑室四川蒲江的白鹤山下（今四川蒲江中学），聚徒讲学。嘉定四年（1211）擢潼川路提点刑狱，十年迁直秘阁，知泸州、潼川，后又被召入朝，为兵部郎中，兼国史院编修，两年后迁秘书监。后又遭弹劾降三官。理宗亲政，召还，权礼部尚书兼直学士院，不久又兼吏部尚书。以资政殿学士致仕。卒赠太师，谥文靖。仕途坎坷的魏了翁，一生著述丰富，《宋史》本传谓“所著有《鹤山集》、《九经要义》、《周易集义》、《易举隅》、《周礼并田园说》、《古今考》、《经史杂钞》、《师友雅言》”。纵观魏了翁的一生，既是早年得志，颇有政绩与学术造诣，也不乏仕途的坎坷与曲折。自我生命意识的觉醒与壮志难酬的矛盾也时时萦绕于心，这在作者的自寿词中也有集中而明确的反映，归纳起来，大致有三个方面的内容。

首先是审视自我生命价值与生命短促的感慨。苍茫宇宙与个人的雄心壮志相较，人的生命何其短暂，然而脆弱的人心必须面对寿命不永的现实。因此，生命苦短几乎成了历代文人咏叹的常见主题。魏了翁是一个积极务实的政治官员，又是一个大力倡导儒家思想的理学家。其诗词很少伤春悲秋，但个人的生日是个特殊的日子，是一个容易唤起生命感慨的，诱发生命问询的契机。因而，他也要借助寿词抒发对生命短促的无限感慨。如《蝶恋花·和费五九丈□□见惠生日韵》：

早岁腾身阶辇路。秋月春风，只作浑闲度。手挟雷公驱电母，袖中双剑蛟龙舞。　　如此壮心空浪许。四十明朝，忍把流年数。又过一番生日去。寿觞羞对亲朋举。

“手挟雷公驱电母，袖中双剑蛟龙舞”，词中对自己的才华充满了高度自信，但四十度流年似水，“如此壮心空浪许”。在至爱亲朋面前，词人一剖心扉——“寿觞羞对亲朋举”。沉痛的生命感慨既是对个人的，也代表了南宋那个特定时代身处半壁江山的文人们共有的心态。

《木兰花慢·生日谢寄居见任官载酒三十七岁》亦有类似的感慨：

怕年来年去，渐雅志、易华颠。叹梦里青藜，间边银信，望外朱幡。十年竟成何事，虽万钟、于我曷加焉。海上潮生潮落，山头云去云还。　人生天地两仪间。只住百来年。今三纪虚过，七旬强半，四帙看看。当时只忧未见，恐如今、见得又徒然。夜静花间明露，晓凉竹外晴烟。

词中“青藜”，据《三辅黄图》记载：“刘向于成帝之末，校书天禄阁，专精覃思。夜有老人，著黄衣，植青藜杖，叩阁而进。见向暗中独坐诵书，老父乃吹杖端，烟然，因以见向，授《五行洪范》之文。恐词说繁广忘之，乃裂裳及绅以记其言。至曙而去，请问姓名，云：‘我是太乙之精，天帝闻卯金之子有博学者，下而观焉。’”人们因而以“青藜”代指夜读照明的灯烛，后世也喻指读书人。这里“叹梦里青藜”，显然是慨叹自己枉自苦读，于国无补。因而才有“虽万钟、于我曷加焉”。“万钟”指丰富的粮食，也喻指高官厚禄。国将不存，个人的高官厚禄何足珍视？看“海上潮生潮落，山头云去云还”，一生勤奋的魏了翁未必这样想，也未必这样做，乱世中的词人将无奈生命之绪诉诸笔端，也许能获得稍许的心理平衡。这就是与生命对话的自寿词独特的价值。

其次是借自寿词倾诉积极有为的生命意识与壮志难酬的苦衷。在《水调歌头·妇生朝李倅□同其女载酒为寿用韵谢之》中他明确表示：“曾向君王说，臣愿守嘉州。”在《水调歌头·赵运判师岏生日》中又云：“赖得皇华星使，满载春风和气，来自鉴湖边。”盼望着皇帝的使臣，满载春风和气请他出山。然而，随着时光的流逝，理想的期待日益渺茫，生命渐逝的紧迫却更加强烈。如《贺新郎·生日谢寓公载酒》云：

只记来时节。又三年、朱炜过了，恰如时霎。独立熏风苍凉外，笑傍环湖花月。多少事、欲拈还辍。扶木之阴三千丈，远茫茫、无计推华发。容易过，三十八。　　此身待向清尊说。似江头、泛乎不系，扁舟一叶。将我东西南北去，都任长年旋折。风不定、川云如撇。惟有君恩浑未报，又故山、猿鹤催归切。将进酒，缓歌阕。

岁月流逝，漂无定所，让人迷茫，但更令人忧虑的却是君恩未报，壮志未酬。《满江红·和李参政壁惠生日》也同样寄托了作者欲为国效力，又在深层的岁月蹉跎的叹息中表现自我生命价值难以实现的郁闷："商古道，谁俦匹。评今士，谁钧敌。向平舟问雁，久间霜翮。枰上举棋元不定，磨边旋蚁何曾息。傥天公、有意要平治，饶华发。"《南乡子·和黄侍郎畴若见贻生日韵》也有李白似的"大道如青天，我独不得出"的悲愤与感慨：

万里载浮名。忆昔从容下帝京。冉冉七年如昨梦，分明。赢得存存夜气清。　　谁使滥专城。有罪当诛尚薄刑。细数当时同省士，皆卿。落落韵阳独九龄。

其三是魏了翁通过自寿表现超越世俗，行藏在我的达观与自适。一个完美的人格是需要自省的，更是需要自我调适的，而文人往往是在艺术、在审美中完成自省和自我调适的。通过“兴于诗，立于礼，成于乐”，才能形成丰满的人性和完善的人格。尤其是有关个人生命价值的思考和人生的定位，更是每一个人和谐自我内外与身心的重要因素。作为理学家的魏了翁，虽不似李白、苏轼那样乐观与旷达，但也表现了他一贯的“君子和而不流”的理学家风范，以超越世俗，行藏在我的达观与自适对待生命中的坎坷与挫折。如《洞庭春色·生日谢同官六月八日》：

四十之年，头颅如此，岂不自知。正东家尼父，叹无闻日，鄹人孟子，不动心时。顾我未能真自信，算三十九年浑是非。随禄仕，便加齐卿相，于我何为。　　人间郁蒸难耐，谁借我五万蒲葵。上玉台百尺，天连野树，高楼千里，江射晴晖。此意分明谁与会，但时把瑶笙和月吹。吾归矣，有鸿相与和，鹤自由飞。

《贺新郎·虞万州刚简生日用所惠词韵》：

久问闲边著。对沧江、烟轻日淡，雨疏云薄。一片闲心无人会，独倚团团羊角。便舍瑟、铿然而作。容室中间分明见，暮鸢飞、不尽天空阔。青山外，断霞末。　　看来此意无今昨。都不论、穷通得失，镇长和乐。此道舒之弥八极，卷却不盈一握。但长把、根基恢拓。将相时来皆可做，似君家、祖烈弥关洛。康国步，整戎略。

这种超越世俗，行藏在我的自适不仅表现在魏了翁的自寿词中，在为亲朋好友所作的寿词中，词人也不时将这种超然的心境传达给亲友。如《玉楼春·同官载酒为叔母寿次韵为谢时自潼过遂》云："人生岂必高官贵。愿长对、诗书习气。"《满江红·李参政壁生日》云："用舍行藏皆有命，时来将相还须做。且闲中、袖手阅时人，摩今古。"《水调歌头·高嘉定生日和所惠韵》云："谁识书生心事，各要济时行已，肯顾利名场。用我吾所欲，不用亦何伤。"这些描写都是在积极用世的前提下保持着那份超然与洒脱。这些词让我们看到魏了翁对自我心性的修养已有历代儒者安贫乐道的风范。另有如《水调歌头·安大使丙生日》云"富贵姑勿道，难得此芬芳"等等都是在祝寿庆生的场合表现对功名富贵的超脱和自我调适的生存智慧。

在南宋四川文人中，吴泳的自寿词也很有特色。吴泳的生卒年不详，但他曾经出知温州。赴官路上听说温州发生饥荒，马上奏请采取蠲租措施，救四万八千余人于饥饿之中，给老百姓留下永不磨灭的记忆。其词体创作也表现了爱国志士铮铮铁骨的豪气，在宋代文学史上也有辉煌的一笔。如其《贺新凉·送游景仁赴夔漕》：

额扣龙墀苦。对南宫、春风侍女，掉头不顾。烽火连营家万里，漠漠黄沙吹雾。莽关塞、白狼玄兔。如此江山俱破碎，似输棋、局满枰无路。弹血泪，迸如雨。　　轻帆且问夔州戍。俯江流、桑田屡改，阵图犹故。抱此孤忠长耿耿，痛恨年华不与。但月落、荒洲绝屿。君与鹤山皆人杰，倘功名、到手还须做。平滟滪，洗石鼓。

面对南宋“如此江山俱破碎”，他深感“似输棋、局满枰无路”，因而悲愤得“弹血泪，迸如雨”。在宋末众多爱国词中，吴泳此词也堪称慷慨的曲调。在《满江红·送魏鹤山都督》中他也高唱“倚梅花、听得凯歌声，横吹曲”，“管明年、缚取敌人回，持钧轴”。也是牢记洗血国耻的时代壮士之音。然而，在他的四首自寿词中我们看到的却是别样情怀：

鶗鴂鸣兮，卉木萋止，维暮之春。笑憨翁渐老，年加三豆，呆郎多事，诗记三星。六十有三，高吟勇退，只有尧夫范景仁。从今去，且亭前放鹤，溪上垂纶。　　交亲。散落如云。仅留得尊前康健身。有一编书传，一囊诗稿，一枰棋谱，一卷茶经。红杏尚书，碧桃学士，看了虚名都赚人。成何事，独青山有趣，白发无情。

——《沁园春·生日自述》

全词充满无可奈何的人生感慨，曾经身怀壮志，欲有所为的吴泳，总结自己六十三年的人生历程，只有异常沉痛地悲叹，“仅留得尊前康健身”，“看了虚名都赚人”，虽然对人生也有大彻大悟，希望远离官场，忘掉人生的种种烦恼与追求，但青山虽然有趣，田园生活虽然令人向往，但时不我待之感仍然袭来。不能融入大自然，不能全身心赏玩山水、吟风弄月，才有白发无情的感慨，这正是词人珍惜生命，注重人生价值的真实写照。

吴泳的另外两首自寿词则借邵尧夫、白乐天、苏东坡、韩愈等古代文人，将自己希望放浪的情怀写得丰富多彩：

《沁园春·生日和蓬莱仙降词》：

春事阑斑，桐花烂漫，不堪凤栖。叹交枰世道，容容是福，危航宦海，了了成痴。邵子豪情，乐天狂态，六十六年才觉非。溪山畔，要看承风月，舍我其谁。　　文章高下随时。料织锦应须用锦机。愧老无健笔，高凌月胁，病无佳句，下解人颐。君昔东坡，我今韩愈，造化一炉如小儿。都休管，看龟翻荷露，燕落芹泥。

《满江红·洪都生日不张乐，自述》：

手摘桐花，怅还是、春风婪尾。按锦瑟、一弦一柱，又添一岁。紫马西来疑是梦，朱衣双引浑如醉。较香山、七十欠三年，吾衰矣。　　红袖却，青尊止。檀板住，琼杯废。淡香凝一室，自观生意。事业不堪霜满镜，文章底用花如绮。笑江滨、游女尚高歌，滕王记。

这些自寿词没有神仙寿考的喜庆氛围，也没有高朋满座、儿孙绕膝的生命欣悦。面对自我的生命问询，词人只有强将自己比古人的故作超脱，只有“事业不堪霜满镜”的叹老嗟卑。时代的羸弱，使曾经胸怀复国大志的词人已经没有了曹操似的生命洒脱。

还有曾在四川做官的李刘《月中措·自寿》也是比较典型的词作：

> 我生辰在斗牛中。并路有何功。运转峨眉山月，按行雪界天风。　　归欤老矣，愁添鬓白，酒借颜红。丘壑堪容我辈，轩裳分付诸公。

李刘（1175－1245），字公甫，号梅亭。崇仁白沙（今江西崇仁）人。曾先后在四川荣、眉两州任知州，后担任西南一带的漕运使，统领成都等诸路军马，以御使大夫之职负责四川（含云、贵）的军、政事务，掌八印于一身。后迁两浙运干，历任礼部郎官兼崇政殿说书、起居舍人、吏部侍郎、中书舍人兼直院、宝章阁待制等职。他治事果断，措施得当，同僚们无不叹服。但就是这样一位仕途颇为成功的文人，面对自己生日时，也没有成功的喜悦，没有被寿的欣慰，只有回顾生命历程的悲伤，自我宣泄的苦涩。

这些自寿词都有着强烈的生命意识觉醒和与之相连的自叹岁月蹉跎的悲哀。在南宋那样一个风雨飘摇的时代，每当生日到来，面对韶华的流逝，文人们已很难再有他寿词的优游从容，更多的是对生命有限的忧思以及相伴而来的超越渴求。面对生死的困扰，先秦道家哲学以“齐生死”、“一物我”来消解生命递减的危机，儒家哲学则重视在现实社会生活中实现个体生命的价值，主张以立功、立德、立言的“三不朽”来实现生命的价值，并将年龄的增长与价值的实现紧密结合在一起。《论语·为政》篇中“三十而立，四十而不惑，五十而知天命，六十而耳顺，七十而从心所欲，不逾矩”，高度地概述了在时间之流中生命价值实现的动态过程。但在国家内忧外患的时代，生辰祝寿活动，虽然也有朋友亲人的善祝善颂，但面对自己岁月空掷而壮志难酬的尴尬处境，个体生命的悲剧意识只有日益凸显和强化，敏感的词人们将这种生命的悲剧意识诉诸笔端，也不失为一种平衡自我，疏通心灵渠道的无奈之选。

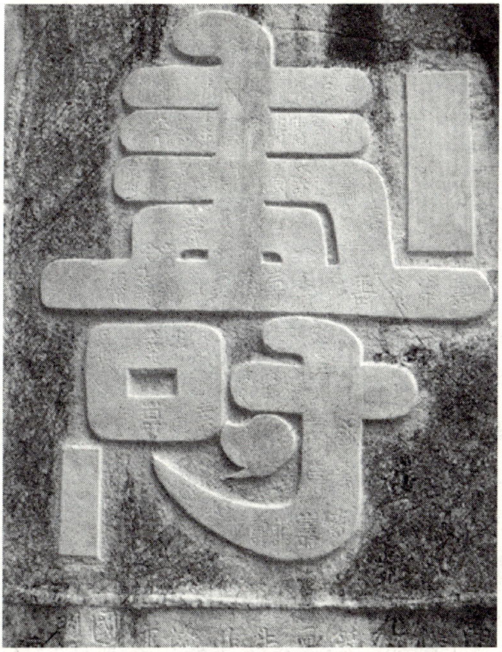

摩崖石刻·广西永福县百寿岩

四、宋代四川寿祝文学的横向比较

慷慨愤激的生命追求与平和含蓄的生命意识

生命的存在是令人喜悦的，人们把握这有限的人生时，期望活得长久，活得精彩。寿词创作是宋人珍惜生命的思想投射，也是宋代文学的特征之一。北宋时期基于政治安定、经济繁荣等因素，适于合乐而歌的词与欢庆祝寿的活动紧密结合。因此，北宋的寿词创作大多不脱祝颂的基调，呈现富丽升平的气象。而偏安一隅的南宋，人们饱受离乱之苦，更感受到生命渺小与短暂的痛苦。寿词创作的内容总的来说，已由过去单纯的祝贺长命百岁、富贵功名，走向多元化的或抒情、或言志、或感时伤世之路。但生命是美好而值得永远赞颂的，生命同时也是丰富的，每一个鲜活的生命都各有其个性特点，都会因为个人抱负、理想、境界的不同而有明显的差异。因而，不同的人有不同的生命意识，对生命的理解与追求也不尽相同。就表现生命意识的寿词而论，宋代四川寿词作家与当时的辛派豪放派词人也有平和含蓄与慷慨愤激之风格差异。

辛派词人常将激昂豪迈的爱国热情、怀才不遇的生命慨叹，一寄于寿词。作为南渡时期著名的风云人物，辛稼轩有雄心、有韬略、有个性、有才气。但一腔报国热忱却无处施展，一生多遭谗谤，壮年之际两度被迫闲居。满腹牢骚，满腹辛酸、满腹愤慨无从宣泄，寿词便成了他倾泻生命悲慨的方式之一。如其《临江仙·壬戌岁生日书怀》："六十三年无限事，从头悔恨难追。已知六十二年非。只应今日是，后日又寻思。"蹉跎岁月给词人带来无尽的悔憾与无奈，生命的价值既不能在外部世界得到实现，只好借自寿之机与生命对话，展现词人的真性情。不仅自寿词如此，为他人作寿词，辛弃疾也急切地将自己的忧患意识与英雄气魄载入其中，与寿主共勉。为朋友贺寿，词人念念不忘的仍然是锐意恢复中原的生命热望，如《水龙吟·为韩南涧尚书寿甲辰岁》云："待他年，整顿乾坤事了，为先生寿。"这既是借他人酒杯浇自己块垒，又把祝寿的意义提得十分崇高。还有《水调歌头·寿赵漕介庵》云"要挽银河仙浪，西北洗胡沙"，《千秋岁·金陵寿史帅致道时有版筑役》云"从容帷幄去，整顿乾坤了。千百岁，从今尽是中书考"，《水调歌头·巩采若寿》云"应使神京再复，款曲问家山"等等，都是在对志同道合的朋友寄以深情祝愿的同时将自己的爱国激情一吐为快，以此稍稍平复自己报国之志长期不能实现的愤懑。如此的寿词早已跳脱寿诞逸乐的尘俗，表现出与国家命运契合的开阔境界，与英雄气魄对应的悲壮情怀。

辛弃疾石雕

如果辛弃疾的以上寿词表现出来的是愤激慷慨的艺术风格，他的《破阵子·为范南伯寿》则别有情致：

> 掷地刘郎玉斗，挂帆西子扁舟。千古风流今在此，万里功名莫放休。君王三百州。　燕雀岂知鸿鹄，貂蝉元出兜鍪。却笑泸溪如斗大，肯把牛刀试手不？寿君双玉瓯。

此词前面有个小序说明创作的缘由："时南伯为张南轩辟宰泸溪，南伯迟迟未行。因作此词以勉之。"指宋孝宗淳熙五年（1178）六月，南宋主战派名相张浚的儿子张拭（字敬夫，号南轩，汉州绵竹人），时任荆湖北路安抚使，颇想干一番事业，因范南伯从金人占领区来，“知其豪杰，熟其形势”，便请他担任泸溪县令（即所谓“辟宰泸溪”）。范南伯原是河北人，父亲范邦彦曾仕金为蔡州新息县令，后率豪杰开城迎宋军，举家归宋。范邦彦钦佩辛弃疾的忠心赤胆而把女儿嫁给了辛。范氏一家都是很有民族气节的人，辛弃疾与范南伯“皆中州之豪”，志趣性情十分投合。范南伯也是很有才干的政治家，刘宰《故公安范大夫行述》说他“治官如家，抚民若子”，极受百姓拥护。他也有忧世之心，常思恢复北土。但感于政治腐败，当道非人，不相信朝廷真能有所作为，想学陶渊明“躬耕南亩”，隐居不仕。因而对张南轩的征聘“迟迟未行”。当时恰值范南伯生日，辛弃疾借给妻兄祝寿的机会，作《破阵子》一阕，既为之祝寿又为劝他。词一开篇就用了两个典故：一是“掷地刘郎玉斗”，鸿门宴上刘邦令张良献玉斗给亚父范增，范增痛恨项羽不听劝告放走刘邦留下后患，愤而将玉斗置于地，拔剑击而破之；二是“挂帆西子扁舟”指春秋吴越争霸时，范蠡献西施给吴王，以瓦解其斗志。灭吴后，范蠡不受越封，与西施乘舟游五湖而不返。作者用这两个典故的意思，是因范增、范蠡都与范南伯同姓，又都是才智出众，有胆有识的谋士，含蓄委婉地希望他成为二范那样的人物，竭诚尽智为自己的君国贡献力量。有了词首的开端垫底，下面几句正面规劝的话很有力量。“千古风流”应在我辈，不要轻抛建立“万里功名”的机会，要时时想到大宋“三百州”。下片针对范南伯“迟迟未行”的延宕，进行劝勉。一方面称赞了范的大志宏才，预言他定能有所成就；一方面劝他不要嫌泸溪令职卑位低，而应以之为起点，图谋大业。为了表达作者的殷殷期望，他一连用了四个典故：一是“燕雀岂知鸿鹄”，用陈涉辍耕垄上的故事，表明自己理解范的鸿鹄之志——不愿就任是希望自己有更大的作为。二是“貂蝉元出兜鍪”，用南齐将军周盘龙的故事。周年老不能守边，还朝为散骑常侍（皇帝侍从，能预闻要政），世祖戏问他：“你戴貂蝉（近侍贵臣冠饰）冠比起戴兜鍪（战盔）来如何?”周答：“此貂蝉从兜鍪中出耳。”意谓自己的近臣之位是在战场上拼杀来的。辛弃疾借此劝勉寿主，要想得到参与朝政的要位，必须积累“战功”。三是“却笑泸溪如斗大”，暗用南朝宋大将军宗悫的典故，宗晚年为豫州刺史，曾怒叹“得一州如斗大，竟遭到典签的慢待”（典签本为地方文书小吏，但南朝时多由帝王亲信担任，以监视地方大员）。辛借此表示自己能体会范的心情——以大才而屈居小小泸溪，且行动也许还不能自主。但也是劝他：宗悫都难免屈居下位，受小人之气，何况你我。四是《论语·阳货》：“子之武城，闻弦歌之声。夫子莞尔而笑，曰：‘割鸡焉用牛刀。’”辛弃疾反其意而用之，鼓励范南伯不妨以牛刀杀鸡，一试身手，将小小泸溪治理好，以显示自己的才能。结句“寿君双玉瓯”，作者献玉瓯以祝寿。全词以碎玉始，完玉终，首尾照应。仍然是大气豪放的辛弃疾爱国情怀，仍然是以贯穿古今的生命乐章。英雄词人却能不厌其烦地针对寿主心态，反复劝导、勉励，表达他对妻兄的理解与期待，希望他果断地踏上征途。辛弃疾之所以如此有耐心，是因为他的生命意识中始终有一股挥之不去的报国激情，所以不管他为朋友祝寿采用的是委婉还是率直，他所奏出的都是一首不同凡响的高亢激昂的英雄交响曲。

受辛弃疾影响，他周围不少词人也都有类似的风格。如杨炎正《满江红·寿稼轩》：

寿酒如渑，拼一醉、劝君休惜。君不记、济河津畔，当年今夕。万丈文章光焰里，一星飞堕从南极。便御飞、乘兴入京华，班乡棘。　君不是，长庚白。又不是，严陵客。只应是，明主梦中良弼。好把袖间经济手，如今去补天西北。等瑶池、侍宴夜归时，骑箕翼。

杨炎正也是南宋力主抗金的名士，官至安抚使。与辛弃疾交谊甚厚并多有酬唱。这首词中虽有寿宴痛饮的场面，但更多的是对辛弃疾“明主良弼”与“补天英才”的高度赞扬和“好把袖间经济手，如今去补天西北”的国事与寿主生命的双重期待。方岳《瑞鹤仙·寿丘提刑》也写得十分豪壮：“莫道年华归也。是循环、三百六旬六日，生意无穷已也。但丁宁，留取微酸，调商鼎也。”刘辰翁写给抗元名士的邓光荐（字中甫）的《洞仙歌·寿中甫》也抒发“看明年此日，人在黄金台上，早整顿、乾坤事了”的壮志豪情。如此的祝寿已不同于过去词人的风流雅集，这里的生命意识已不是对个人生命寿夭的忧虑，也不是对幸福生活的眷念，更不是对死亡终极的畏惧。在短暂的生命中能为国所用，成了他们共同的人生追求；抒发慷慨激昂的报国热情，成了他们共同的心声。

相比之下，以魏了翁为代表的四川词人的生命意识，却倾吐为另一番情韵。词中也有他们的理想、抱负和怀才不遇、蹉跎岁月的生命咏叹，但他们则多表现为平和而含蓄的风调。如魏了翁的《鹧鸪天·吹韵东叔兄见贻生日》："忧国梦，绕端闱。静言思奋不能飞。"《临江仙·次韵李参政壁见贻生日》："秋风入帽露华新。无端忧国梦，应到守臣。"《满江红·和虞土胥惠生日》："月上南箕，还认得、去年星历。知谁把、一天星象，荡摩朝昔。若使平生浑自弃，如今老大何嗟及。"还有如《蝶恋花·和费五九丈□□见惠生日韵》虽然也有"早岁腾身跻辇路"的人生大志，也有"手挟雷公驱电母，袖中双剑蛟龙舞"的高度自信，但四十度流年似水，"如此壮心空浪许"，在至爱亲朋面前，词人惭愧得"寿觞羞对亲朋举"。生命之慨固然沉痛，但它代表的似乎是身处半壁江山的文人们共有的心态。《木兰花慢·生日谢寄居见任官载酒三十七岁》云："怕年来年去，渐雅志、易华颠。叹梦里青藜，间边银信，望外朱幡。十年竟成何事，虽万钟、于我曷加焉。海上潮生潮落，山头云去云还。"这些咏叹生命的寿词中不时也有壮阔的意象，显示了作为思想家、教育家和政治家的词人曾经的理想、抱负与心灵境界博大的一面。但与辛弃疾等人的寿词相比，辛往往直指收复国土等敏感的时代主题，将词人或寿主荣辱与国家命运直接相连，因而热血沸腾，情绪慷慨激昂，有一股不达目的不罢休的执著生命追求。而魏了翁等人却显得比较平和、理性、沉稳，甚至表达的是一种含蓄的普泛化的生命悲慨，因而缺少个性化的生命光彩。

在南宋四川文人中，吴泳的词作也表现出他强烈的爱国情怀，如前所述的《贺新凉·送游景仁赴夔漕》，面对南宋半壁江山，他也悲愤得“弹血泪，迸如雨”。在写给恩师魏了翁的《满江红·送魏鹤山都督》也高唱“倚梅花、听得凯歌声，横吹曲”，“管明年、缚取敌人回，持钧轴”也将洗血国耻的历史重任牢记于心。然而，在他咏叹生命的自寿词中却表现与辛派词人不尽相同的个性风采。诸如“六十有三，高吟勇退，只有尧夫范景仁。从今去，且亭前放鹤，溪上垂纶。……仅留得尊前康健身。有一编书传，一囊诗稿，一枰棋谱，一卷茶经。红杏尚书，碧桃学士，看了虚名都赚人。成何事，独青山有趣，白发无情”（《沁园春·生日自述》），也是热爱生命，也是怅恨蹉跎岁月，但词人通过貌似的超脱与潇洒，表现一种对生命的无奈。如此低调、含蓄、内敛的生命之绪，在辛派词人同样类型的词作中是不多见的。

幽默诙谐的和乐与人伦亲情的和谐

自古以来，寿祝活动都是一种以封建伦常观念为思想根底、以喜庆祥和为基调的风俗行为，寿祝文学也常常通过吉祥颂祝为寿祝活动助兴添雅，追求一种以“和”为核心的艺术氛围。但同样是这个目的，也会因为作家自身性格不同、群体创作的风格差异而表现出不同的艺术风貌。

生性幽默的辛弃疾作寿词，除为志同道合的朋友互诉爱国衷肠外，为长辈亲眷们祝寿也往往能在世俗喜好允许的前提下，以戏谑滑稽之语，表达祝贺之意，彰显他特有的艺术风采。如他为族姑庆八十岁所作的《品令·族姑庆八十，来索俳语》：

更休说。便是个、住世观音菩萨。甚今年、容貌八十岁，见底道、才十八。　莫献寿星香烛。莫祝灵龟椿鹤。只消得、把笔轻轻去，十字上、添一撇。

上阕戏称八十岁老人的容貌，被误以为十八岁的姑娘。下阕强调不要世俗的“寿星香烛”、“灵龟椿鹤”，“只消得、把笔轻轻去，十字上、添一撇”。诙谐的词人又在笔画上翻花样，幽默中寄予别致新奇的长寿祝福。

又如《鹊桥仙·为人庆八十席上戏作》：

朱颜晕酒，方瞳点漆，闲傍松边倚杖，不须更展画图看，自是个、寿星模样。　今朝盛事，一杯深劝，更把新词齐唱。人间八十最风流，长贴在、儿儿额上。

词人完全摆脱时尚寿词的求名、求利、祝长寿的写法，而是绘形写神，“不须更展画图看”，抓住寿庆场合中滑稽的细节，具体反映了当时以画寿星为献礼的祝寿礼数：“人间八十最风流，长贴在、儿儿额上”，宋代习俗用红笔写“八十”二字在小儿额头上，以示返老还童，祝福长寿。此处戏称八十老人，也应像小孩一样画额书写“八十”，就可长生不老。全词好似一幅滑稽的漫画，幽默而又夸张地为喜庆祥和的宴会添加许多欢声笑语。快乐的辛弃疾让自己快乐也让别人快乐。

还有如《鹊桥仙·为岳母庆八十》：

八旬庆会，人间盛事，齐劝一杯春酿。胭脂小字点眉间，犹记得、旧时宫样。　　彩衣更著，功名富贵，直过太公以上。大家著意记新词，遇著个、十字便唱。

“胭脂小字点眉间，犹记得、旧时宫样”，善意地嘲笑八十岁的老岳母不懂时尚，刻意打扮出来的却已经是很多年前流行的模样。既表现出辛稼轩的幽默随和的品格，又展现了他与家人之间无拘无束的亲密关系。

再如《临江仙·为岳母寿》：

住世都知菩萨行，仙家风骨精神。寿如山岳福如云。金花汤沐诰，竹马倚罗裙。　　更愿升平添喜事，大家祷祝殷勤。明年此地庆佳辰：一杯千岁酒，重拜太夫人。

宋代风俗为长者寿添彩助兴，庆百官亲朋往往以“千岁”相贺。所以词人写道“一杯千岁酒，重拜太夫人”，形象地展示了当时和乐的宴会场景，虽然是应时应景之作，也生动地表现了英雄词人与人和谐相处的直率。另外，辛弃疾还有《感皇恩·为婶母王氏庆七十》：

七十古来稀，未为稀有。须是荣华更长久。满床靴笏，罗列儿孙新妇。精神浑是个，西王母。

遥想画堂，两行红袖。妙舞清拥前后。大男小女，逐个出来为寿。一个一百岁，一杯酒。

也是以欢谑游戏的词笔，抓住寿祝活动中的精彩细节，营造喜庆祥和的艺术氛围。正可谓让自己快乐是美德，让别人快乐则是功德。这种轻松愉快又不无游戏情调的寿词已经淡化了传统的孝悌人伦的理性色彩，它具有的是与寿祝活动这种社会风俗及创作机制相联系的轻松愉快的艺术氛围和幽默戏谑的特殊美感。

此外有如南宋沈瀛的《减字木兰花》三首，反复渲染的就是一种热闹喜庆的氛围和美好的生命祝愿："必恭敬止。老子甚为桑梓喜。骏马争风。诗卷人人数百通。　斗杓挹酒。齐祝乡人箕翼寿。天若言何。更乞文星下照多。"廖行之的《凤栖梧·寿长嫂》："我愿慈闱多福厚。更祝遐龄，与母齐长久。鸾诰聊翩双命妇。华堂千岁长生酒。"刘克庄的《念奴娇·壬寅生日》："山鬼海神俱长者，饶得书生穷命。不慕飞仙，不贪成佛，不要钻天令。年年今日，白头母子家庆。"刘辰翁的《临江仙·代贺丞相两国夫人生日》："丞相衮衣朝戏彩，年年庆事如新。尊前一笑共儿孙。人间传寿酒，天上送麒麟。"

这类词在表达祝寿延年之意外，虽然也常夹杂有荣华富贵、功名神仙、封妻荫子等尘俗观念，但它们带有夸张情调的祝福语，为当时的人们带来的快乐也是可想而知的。正因为此，刘辰翁的《鹊桥仙·寿臞山母》云："人间乐事有多般，算此乐、人间第一。"这种"和

祝寿图

乐”的艺术功能，是词人们刻意营造的，也代表了很多参与这项活动的文人的共同心声。

与辛弃疾等人寿词“和乐”功能相同的是宋代四川的寿祝文学作家也要极尽喜庆的场面描写。如魏了翁的《念奴娇·刘左史光祖夫人生日》上片云：“刘郎初度随春到，尚记彩衣春立。又上夫人千岁寿，相望不争旬日。琴瑟仪刑，山河态度，长是春风识。都将和气，蒸成满院红白。”再有如《水调歌头·张致政□□生日》：“一样金章紫服，一样朱颜绿发，翁季俨相望。……玉生烟，兰竞秀，彩成行。”《临江仙·张邛州师夔生日》：

“浩荡春风生玉树，蒸成满院芬芳”等等。这种种欢天喜地的寿宴场面，使每一个人都会感受到寿祝活动给人带来的轻松与愉悦。还有如吴泳的诗《寿杨崇庆二首》：

英英赤文凤，生此岷之阳。
览辉孤竹根，振翼千仞冈。
德音乃鸑鷟，下引鹓与凤。
承旗从华盖，吹玉朝紫皇。

雇瞻朱丘深，殆似阿阁长。
肯以令仪集，而使缯弋伤。
集须集桐花，食不食藻粱。
伫看发丹咮，舜殿歌明康。

以轻松的笔调为寿主歌功颂德，无疑也会为祝寿现场制造许多“和乐”的氛围。

但与辛弃疾等人无拘无束的幽默戏谑情调不同的是，宋代四川的寿祝文学作家似乎更注重“孝悌仁爱”的人伦秩序，有时还有十分浓厚的理性色彩。如果川外词人们在寿祝活动中努力营造的是一种“和乐”氛围，四川作家们则围绕传统的孝悌仁爱追求一种“和谐”的人际氛围。如魏了翁为生母（叔母）所作的寿词，其主题都围绕着“孝道”展开，其中较为典型的例子如《南柯子·即席次韵张太傅为叔母生日赋》，作者由回忆自己过去为母亲献寿饼，联想到颍考叔为其母留肉羹的孝举，再联想到“儿行虽远母心通”的普天下母子亲情。《小重山·叔母生日，每岁兄弟多以校试，莫遂彩衣团栾之乐，今岁复尔，良以缺然，小词寄五兄代劝》，一看题目就知道魏了翁家每年母亲生日，兄弟姐妹们都要为母亲祝寿，都希望像老莱子那样身穿彩衣，让父母高兴。作者为每年都有人缺席而深表不安，自己当年校试不能到场，也要写词祝寿并要兄弟代为劝酒。作者之所以能想得那么周到和细致，是因为他所积极倡导的南宋新儒学中有一个核心内容就是以“孝道”为中心的伦理道德，而他又极力主张将这种德行的修炼体现在日常生活中。因此，他不仅乐此不疲地为自己的生母作寿词，也热心为同僚、朋友的老人祝寿作词。除为长辈们作寿词弘扬孝道，他们还乐于为亲人祝寿作词，《中庸》强调：“仁者，人也，亲亲为大。”爱自己的亲人是出发点，“爱亲则方其爱人”。以魏了翁为代表的鹤山学派更是强调“交进互益”，真知笃行互相促进。因此，魏了翁不仅为母亲、为兄弟作词贺寿，还为自己的妻子和朋友女眷庆生作词。在那个女性社会地位普遍低下的封建社会中，理学大师魏了翁对孝悌仁爱的深刻理解和敢于冲破世俗偏见的勇气是值得肯定的。如其乐融融的《念奴娇·刘左史光祖夫人生日》：

刘郎初度随春到，尚记彩衣春立。又上夫人千岁寿，相望不争旬日。琴瑟仪刑，山河态度，长是春风识。都将和气，蒸成满院红白。　　我被五斗红陈，三升官酒，驱到鄞城北。解后相逢同一笑，此会几年难觅。宝蜡烧春，花光缟夜，未放觥筹急。天然真乐，傥来知是疣物。

在这些寿词中，我们很少看到像辛弃疾那样的无拘无束的戏谑情调，看到的是他们努力营造的“亲亲为仁”的和谐氛围。再如《醉落魄·任隆庆之母正月十一日生隆庆十三日生日》：

无边春色。试从汉谕堂边觅。儿前上寿孙扶掖。九十娘娘，身是五朝客。　眼前富贵浑闲历。个中真乐天然的。儿孙强劝持余沥。娘道休休，明日儿生日。

寻常文字所描绘寿诞场景，充满了儿子对母亲真挚的孝顺之情，以及娘对儿无限的怜爱。这些生动鲜活的子孝母慈的生活画面，与生硬的伦理道德说教有异曲同工之妙，却更有言传身教的艺术效果。因此，从这个角度上看，作为理学家的魏了翁刻意创作大量寿词的动机已不言而喻。

再如刘光祖词《沁园春·寿晁帅七十》：“算今古人生七十稀。歌啸外，作皇朝遗老，名字辉辉。”是世俗喜好的善祝善颂，也是老者喜欢的正宗寿词。吴泳的一些寿词也未脱世俗的客套性祝颂。如《水龙吟·寿李长孺》：“彩衣花绶，哄堂一笑。且和平心事，等闲博个，千秋不老。”此外，还有长期在四川任职的李刘所作的《水调歌头·寿赵茶马》：

万里碧鸡使，叱驭问邛峡。枪旗有烨，川秦奔走送龙媒。好在灵均初度，唤起长庚佳梦，霜月照金罍。寿似武侯柏，香在草堂梅。　舞娉婷，斟凿落，沃崔嵬。神尧孙子，向来八九上三台。挂了桑弧聊蓬矢，便恐彤弓柜瓒，分宝下天阶。归赋梁园雪，试唤长卿来。

读这样的寿词，寿主及现场的人一定是愉快的，因为它调动了许多古代优秀人物来比喻寿主，也绞尽脑汁给寿主许多美好的祝福，但也正因为此，应了世俗善祝善颂的审美需求，而缺乏变创与个性。

最重要的是，我们不能否认，魏了翁及宋代四川寿词的内容是复杂的。以魏了翁为例，作为南宋后期的政治家、理学家，他也不得不应付各种复杂的人际关系，也不免对同仁、亲友滥用称诩夸耀溢美之词。甚至还有以经义入词的严重弊病，如《木兰花慢·孙靖州应龙生日》中“数重卦三三，后天八八，来日千千”。《鹧鸪天·范静州（良辅）生日十月二十一日。二十三日交十一月节》中的“三三律琯”、“九九玄经”。《临江仙·杜安人生日》中的“八八号佳辰”等等都受到前人质疑。此外，还有一些怪癖的文句出现在其寿词中，如《满江红·刘左史光祖生日正月十日》中云：“与我言兮虽我愿，不吾以也吾常足。”《水调歌头·李提刑冲佑炁生日》云：“于公元只余事，所乐不存焉。”等等，不仅寓意怪癖，也损害了词的艺术性。但总的说来，魏了翁的寿词不仅传世最多，而且以艺术的形式从一个个细节折射出词人在理学的孝悌仁爱中调适自己，在日常生活中，在与同僚、朋友和亲人的祝寿庆生的活动中，享受着世俗人生轻松惬意的乐趣；也形象地展示着魏了翁坚持守望儒家传统的“以和为贵”的社会风尚及君子“和而不流的”人格精神；通过这些寿词我们还能够看到魏了翁周围的士人重要的生活侧面。就艺术而言，其存在是多元的，寿词尽管只是一个简单的祝寿庆生活动的记载，词人却能在唱出友情、唱出和谐的同时，表现丰厚的含蕴，也是不容我们简单否定的。

百寿图

参考书目

[1] 郑慧生注说《山海经》，河南大学出版社，2008年。
[2]《尚书》、《礼记》、《论语》、《孟子》、《十三经注疏》本，中华书局，1980年。
[3] 方玉润撰，李先耕点校《诗经原始》，中华书局，1986年。
[4] 洪兴祖《楚辞补注》，中华书局，1983年。
[5] 王夫之《楚辞通释》，上海人民出版社，1975年。
[6] 房玄龄等《晋书》，中华书局，1996年。
[7] 唐圭璋《词话丛编》，中华书局，1986年。
[8] 脱脱等《宋史》，中华书局，1977年。
[9] 欧阳修等《新唐书》，中华书局，1987年。
[10] 黄宗羲著《宋元学案》，中华书局，1996年。
[11] 周密《武林旧事》，浙江人民出版社，1984年。

[12] 周密撰，张茂鹏点校《齐东野语》，中华书局，1983 年。
[13] 彭东焕编《魏了翁年谱》，四川人民出版社，2003 年。
[14] 黎靖德编，王星贤点校《朱子语类》，中华书局，2004 年。
[15] 董仲舒《春秋繁露》，上海古籍出版社，1989 年。

后　记

对寿祝文学的关注是源于 2002 年我的一个课题——巴蜀词研究，当我读到蜀中宋代词人魏了翁的时候，发现他连篇累牍地创作了大量的寿词，为此后人对他颇有微词。我百思不得其解，一代理学大师魏了翁平生著述丰富，为何于寿词偏偏乐此不疲？而这些寿词在评论家那里不屑一顾，却历经千年传世至今？带着这些问题，我浏览了相关信息，其实，从远古神话开始，人类对自己寿夭的关注就已是一个热门话题。历数下来，我惊奇地发现，传统的寿祝活动及其相关的寿祝文学不仅与郊庙祭祀、册封、庆典等朝廷仪礼息息相关，而且还广泛涉猎寻常百姓的贺寿、生子、冠婚等生活仪礼。其涉及的生活面之广阔、创作历史之悠久、参与人数之众多、作品数量之惊人，都是超乎人们想象的。面对这一无法回避的文化事实与文学现象，目前国内外涉及的学者还不是很多。于是我开始了长达数年的资料搜集与整理工作。在西华大学人文学院谢应光院长、“地方文化资源保护与开发研究中心”潘殊闲主任的鼓励与支持下，我动笔写下了这本小书。

匆匆完稿之际我有太多的遗憾。一是寿祝文学因为它们多与各种应酬活动相连而难免程式化、世俗化、单一化，较少其他文学创作丰富与深刻的审美内涵。但是我在这些数量众多的作品中披沙拣金，也会看到其中不乏真实的生命咏叹、温馨的人文关怀、和谐的孝悌仁爱，甚至还有壮怀激烈的爱国热情。对此，拙著还有许多话题意犹未尽。二是我虽然对宋代及其以前的寿祝文学做了一点翻检、梳理与解读工作，但也只是挂一漏万，还有不少的文献资料没来得及细致深入地整理。三是“宋代四川寿祝文学的横向比较”一章，可以比较的作家还有很多，可以探讨的话题还不少，也未能深入。四是宋代以后的寿祝文学尤其是元明清的祝寿散曲是十分丰富的资源，本书还完全没有涉及。五是时间仓卒，书中错漏难免。种种遗憾只有留待以后弥补，错讹之处也只好敬请方家读者不吝赐正了。

拙著在写作过程中，深得四川省文史馆领导的关心，安山处长的鼓励，特别是王定璋先生的建议使我受益匪浅，还有我的亲人与朋友刘能强、刘书亮、杨舒然为我搜集整理资料。可以说，没有他们的帮助与支持，就没有这本小书的问世，我要向他们深躬致谢！

本书承蒙四川省文史馆、西华大学“地方文化资源保护与开发研究中心”的大力支持与帮助，在此一并致谢！

张　帆

2011 年春于西华大学

图书在版编目(CIP)数据

宋代四川寿祝文学纵横观 / 张帆著 . —成都：巴蜀书社，2011.11

ISBN 978-7-80752-929-3

Ⅰ.①宋… Ⅱ.①张… Ⅲ.①古典文学研究—四川省—宋代 Ⅳ.①I206.2

中国版本图书馆 CIP 数据核字(2011)第 225258 号

·巴蜀文化走进千家万户丛书·

宋代四川寿祝文学纵横观

SONGDAI SICHUAN SHOUZHU WENXUE ZONGHENGGUAN 张 帆 著

责任编辑	陈亚玲
封面设计	张 科
出 版	四川出版集团巴蜀书社 成都市槐树街 2 号 邮编 610031 总编室电话：(028)86259397
网 址	www.bsbook.com
发 行	巴蜀书社 发行科电话：(028)86259422 86259423
经 销	新华书店
印 刷	四川机投印务有限公司
版 次	2011 年 11 月第 1 版
印 次	2011 年 11 月第 1 次印刷
成品尺寸	138mm×203mm 1/32
印 张	5.5
字 数	140 千
书 号	ISBN 978-7-80752-929-3
定 价	15.00 元